Ror Wolf
Mehrere Männer

Zweiundachtzig ziemlich kurze Geschichten, zwölf Collagen und eine längere Reise

Luchterhand

Lektorat: Klaus Roehler
Ausstattung: Ralf-Ingo Steimer

Gesamtherstellung bei der
Druck- und Verlags-Gesellschaft mbH, Darmstadt
ISBN 3-472-86662-4

Ein Mann nahm ein Lama, schnitt ihm ein Loch in den Hals und entfernte durch dieses Loch alles, was sich im Inneren des Lamas befand, also nicht bloß die Eingeweide, sondern auch das Fleisch und die Knochen, so daß am Ende nichts übrigblieb als das ausgehöhlte Fell. Hier und da, wenn gerade kein Lama zur Hand war, mußte etwas anderes seine Stelle vertreten.

Ein Mann hatte zweimal die Erde umfahren und alles gesehen. Unter anderem sah er in Coo einen Schnelläufer. Er bot diesem Mann eine Wette darüber an, daß er wesentlich schneller laufen könne, und er gewann sie. Von da an trat er als Schnelläufer auf. Wohin er kam, strömten die Menschen zusammen. Er durchlief in fabelhaft kurzer Zeit alle Länder und ließ überall Staunen zurück. Später hat man ihn nicht mehr gesehen.

7

Ein Mann fand, als man ihn mit der Aufklärung eines Hauseinsturzes beauftragt hatte, der damals breitere Kreise in Atem hielt, unter den Trümmern ein Bündel mit engbeschriebenen Papieren, die lange in einem feuchten Schreibtisch verschlossen gewesen waren. Während er die ersten Zeilen überflog, verfinsterte sich sein Gesicht. Augenblicklich entschloß er sich, sein Büro aufzusuchen, um dort die Lektüre fortzusetzen, wobei seine warme Stube und das hereingetragene Essen mitsamt dieser Frau, die es hereingetragen hatte, verschwanden; ebenso wie die ganze folgende Nacht, in deren Verlauf ein Gewitter und ein gewaltiges Regenfallen das Haus derart aus seinem Grund wusch, daß es schließlich zusammenstürzte.

Ein Mann verbrachte nach einem Bodenkammerdiebstahl seine Zeit mit einer Dame, der er erzählte, er sei in Italien gewesen, um sich als Kunstmaler auszubilden. Man habe ihn dort mit einer reichen Witwe verheiraten wollen, er habe sie aber niedergeschossen und sei dann als Vortragsreisender tätig gewesen, außerdem Autor eines Theaterstücks, das unter Beifall in Bern und Berlin aufgeführt worden sei; seine soeben fertiggestellte Oper habe in Kürze Premiere unter dem Titel BEI EINBRUCH DER DUNKELHEIT. Darüber hinaus stehe er mit einer Verbrecherbande in enger Verbindung, mit der er sich nachts durch Lichtzeichen verständige. Eines Abends steigerte er die Spannung, indem er sich eine Maske aufsetzte und von der großen Gefährlichkeit der Stich- und Schußwaffen sprach. Danach legten sich beide nieder, um sich mit ihrer Zukunft zu beschäftigen. Ich besitze Geschmack genug, nicht darüber zu reden.

9

10

Ein Mann, der unter anderen Umständen gar nicht erwähnenswert wäre, kam, ich erwähne das hier nur am Rande, eines Morgens aus einer Tür. Alles, was wir erwarten, ist jetzt ein Schuß, ein Stoß oder Sturz. Das ist wirklich nicht viel verlangt.

Ein Mann kam wortlos mit einem sehr kleinen Dampfer an und verließ diesen Dampfer mit ruhigen Pfeifenzügen. Nach einiger Zeit bestieg er den Dampfer wieder und fuhr rauchend davon, seine Pfeife am Rettungsboot ausklopfend, ruhig und gründlich, ohne ein Wort zu sagen. Er überließ sämtliche Worte mir, und ich schreibe sie bei Gelegenheit auf.

Eines Tages wird es geschehn.

Ein Mann, ein Maler, malte zunächst überhaupt nicht, sondern begann erst später zu malen, aber das, was er dann malte, machte ihn bald so allgemein bekannt, daß man ihn den Welt- und Wirklichkeitsmaler Schröder nannte. Seine Bilder, sagte man, überträfen die Wirklichkeit noch und die Welt sowieso. Schröder gehörte zu denen, die die Natur gern aus der Nähe malen, deshalb ist er der Wirklichkeit überallhin gefolgt. Eine Reise in den Schnee kostete ihn zwar einen Teil seiner Gesundheit, dafür ist er aber auch ein Schneemaler ersten Ranges geworden. Ein recht erfreuliches Beispiel dafür ist sein Gemälde DIE KALTE WAND. Schröder malt eine kleine Reisegruppe im Eis, und während um ihn herum alles platzt und hinabfällt und alles, während der Wind bläst, sich in der Luft überschlägt und lautlos hinunterschwebt in die Tiefe, malt er weiter und weiter, denn er ist auch ein seiner Unerschrockenheit wegen bekannter Mann. Seine Schneebilder sind schon schön, aber seine Fleischbilder sind mir noch lieber. Wenn mir der Winter zu lang wird, springe ich rasch hinauf in sein Zimmer; denn an keiner Stelle der Welt sieht man die Wirklichkeit so genau wie in seinem Gemälde DIE PRACHT DES FLEISCHES, einer Vollschöpfung der Körpermalerei. Hier ist alles, was wir uns wünschen, versammelt:

die feinen Umrisse des Augenblicks, die Luftstimmungen, die Ausrufe und Aufschreie; Schröder ist wirklich ein einzigartiger Damenmaler, der die Natur leicht und in guter Absicht korrigiert, um eine vollständige Wirklichkeitswirkung zu erreichen. Die Gegenstände des Schreckens sind noch in diesen Walddunkelheiten verborgen, von denen die fröhliche Gruppe schließlich verschlungen wird. Wir rühmen den Wald und den Fluß, der sich uns entgegenwälzt, doch am meisten rühmen wir Schröder, den Maler, auch wenn nun die Tür aufgeht und die Gegner Schröders hereinstürzen, um uns ins Freie zu zerren, in eine Gegend, die nichts mit der Wirklichkeit zu tun hat, die nur eine unbedeutende Nachahmung der Werke Schröders ist, der bescheiden im Hintergrund bleibt, auch in diesem Moment. Der Unverstand und das Achselzucken, also die ganzen allgemein herrschenden unbegreiflich verdorbenen Geschmacksverhältnisse bedeuten ihm nichts. Das erleichtert uns, und da wir uns keine Gedanken mehr über ihn machen müssen, können wir uns mit einem anderen Mann befassen.

Ein Mann, ein Schwimmer, schwamm, nachdem er sich durch einen kleinen Imbiß gestärkt hatte, in der Nähe der Schwimmschule ab. Ursprünglich hatte er nur die Absicht, nach Krems zu schwimmen, aber da er sehr schnell schwamm, merkte er erst in Melk, daß er an Krems längst vorbeigeschwommen war. In der Nähe der Brücke wurde er von einem Angler bemerkt und angerufen. Es ergab sich ein kleines Gespräch, das durch das Aufkommen von Westwind beendet wurde. Auf seinem Weg begegneten ihm nur drei bis vier Dampfer. In Ybbs verließ dieser Mann das Wasser in tadelloser Verfassung und war sehr bald in der Menschenmenge verschwunden.

Ein Mann, ein Former oder vielmehr ein Farmer, kam nach Fermo, das in Italien liegt, um eine Farm zu kaufen. Er erzählte von einer Formel, mit der er das Interesse der Welt auf sich lenken und sein Glück machen werde. Eine Zeit später äußerte er die Absicht, eine Firma gründen zu wollen, verschwand aber kurz danach in Formosa. Im folgenden Jahr fand man ein Formular, in dem eine treffende Formulierung über die Form eines zu entwikkelnden Hutes zu lesen war. Wir haben es mit einem Mann von Format zu tun. Sein Name war Scheizhofer.

Ein Mann, der sich für einen Bäcker ausgab, kräftig gebaut, vierzig Jahre alt, vielleicht aber auch älter war, trat unter dem Vorwand, ein Bier, und zwar ein sogenanntes Maß, zu trinken, in eine Wirtschaft hinein. Einen Anlaß, über ihn zu reden, gibt es nicht. Als er das Bier getrunken hatte, ging er schweigend hinaus und die Straße hinab, wo man ihn um eine Ecke biegen sah.

Ein Mann, ich könnte viel von diesem Mann erzählen, aber ich glaube, es lohnt sich nicht, ein Mann also, ein Däne, hat einem anderen Mann, der ebenfalls Däne ist, und seiner Frau, einer Dänin, eine Depesche übergeben. Das war, um einen gewöhnlichen Tag etwas lebhafter zu machen, gerade das richtige. Ich liebe nämlich die gewöhnlichen Tage nicht.

Ich hasse sie.

Ein Mann kam und legte einen Zylinder in einen mit kaltem Wasser gefüllten Topf, setzte den Topf auf den Ofen und brachte das Wasser langsam zum Kochen. Darauf entfernte der Mann den Topf vom Ofen, ließ das Wasser abkühlen, nahm den Zylinder heraus, setzte ihn auf den Kopf und ging mit großer Entschiedenheit, der Festigkeit des Zylinders gewiß, wieder davon.

Ein Mann, viel zu heiter und glücklich, wenn wir den Ausgang dieser Geschichte bedenken, sagte, er sei einmal, vor etwa zehn Jahren, mit der Transsibirischen Eisenbahn gefahren und habe dabei, aus dem Fenster schauend, in der Nähe von Omsk den Mond so rasch vorüberfliegen sehen, daß er ihn für einen abgeschossenen Kopf gehalten habe. Dieser Mann, ein reichgewordener Tabakhändler, hatte ein gutes Gedächtnis und ein eingedrücktes Gesicht und bleibt doch im Folgenden eine für uns ganz unbekannte Person.

Der Versuch, sich den hiesigen Verhältnissen zu entziehen, trieb einen Mann aus dem Land. Er erhob sich von seinem Tisch, aber bevor er ging, suchte er etwas zum Fortgehen Wichtiges in seiner Hose; ich weiß nicht mehr was, er fand es auch nicht; dagegen fand er etwas, das er schon lange gesucht hatte und das er zum Hierbleiben gut verwenden konnte. Danach setzte er sich und blieb. Mit den hiesigen Verhältnissen fand er sich ab.

Ein Mann, sein Name war Mang, trat in ein Zimmer und sah einen Stuhl. Auf diesem Stuhl saß eine freundliche Frau. Er lachte und hob sie hoch, und den Stuhl, auf dem die Frau saß, hat er auch hochgehoben und auch das Brett, das die Frau in der Hand hielt. Auf dem Brett stand ein Teller, und den hat er ohne zu zögern mit hochgehoben. Und den Löffel, der in der dampfenden Suppe lag, hob er, ohne sich die geringsten Gedanken zu machen, ebenfalls hoch. Er hob alles hoch, was er sah. Seine Mutter hob er am Muttertag hoch und sagte: Ohne dich wär ich niemals der Meister geworden. Das war Mang, ein Mann.

Eines Tages, in der Mitte der vierziger Jahre, veröffentlichte in Boston in Amerika ein gebildeter Mann, ein gewisser Baumont, Untersuchungen über den Magensaft. Er bezog sich dabei auf ausführliche Studien, die er an seinem Diener hatte ausführen können. Bei diesem sonst völlig gesunden Mann hatte sich als Folge einer Schußwunde eine ansehnliche bleibende Öffnung gebildet, die von der Oberfläche des Leibes direkt in den Magen führte, so daß man ohne besondere Schwierigkeit tief in die Magenhöhle hineinzublicken vermochte. Die Untersuchungen Baumonts, der eigentlich Baumann hieß und aus Deutschland gekommen war, riefen das Interesse des Publikums hervor, und seine ABHANDLUNGEN ÜBER DIE VERDAULICHKEIT DER GEGENSTÄNDE DER ERREICHBAREN WELT waren bald Ausgangspunkt vieler Gespräche geworden. Baumann also, oder Baumont, wie er sich nannte, unterzog vor allem die Speisen, die in den feineren Kreisen genossen werden, einer genauen Beobachtung in Beziehung auf ihr Verhalten im Magen. Kaldaunen und zarte Schweinsfüße sah Baumann bereits nach einer einzigen Stunde aus dem Magen des Dieners verschwinden; Gänse verließen ihn nach zweieinhalb, Austern nach etwa drei Stunden, während geräuchertes Rindfleisch nach Baumanns Berechnung sich ungefähr fünf Stunden an der betreffenden Stelle aufhielt. Obwohl nun der Diener Baumanns aus Boston ein Gefühl des Gefülltseins zum Ausdruck brachte, ließ Baumann, im Dienste der Wissenschaft stehend, ihn einen Schinken verspeisen, der sechs Stunden brauchte, bis er den Magen durchwandert hatte. Danach reichte ihm Baumann ein prächtiges Stück Kalbfleisch, das man im allgemeinen für leicht verdaulich zu halten pflegt. Wer beschreibt aber das Erstaunen des Publikums, als das Fleisch nicht weniger als fünfeinhalb Stunden im Magen des Dieners verbrachte, also fast ebenso lange wie die gesottenen Eier, die Baumont ihm dann gab. Lammfleisch dagegen verschwand schon nach viereinhalb Stunden, während Milch keinesfalls rasch, wie man annehmen möchte, durch den Magen des Dieners floß, sondern augenblicklich und zur großen Verwunderung der anteilnehmenden Menge zu großen Flocken und Ballen gerann. – Einige Jahre später, als die Untersuchungen Baumanns längst in die Wissenschaft von der Verdauung eingegangen waren, fand man im Magen des Dieners einen Stein. Dieser Stein, über dessen Herkunft man bis zur Niederschrift meiner Zeilen noch keine Erklärung gefunden hat, ist im Nationalmuseum in Boston zu sehen.

E. A. Tilly. sc

Vor einiger Zeit, vor etwa zwei Jahren, Ende Oktober, eines Tages, am Samstag, als ich von meiner Reise aus den nördlichsten Gebieten Alaskas, genauer aus Barrow zurückkam, geriet ich in eine Abendgesellschaft, wo sich mir ein Mann mit der Miene eines guten Bekannten näherte. Er sah mich an, als wolle er sich nach meinem Befinden erkundigen, und begann zu reden. Die Geschichte, die er erzählte, war ein Beispiel aus den gehobenen Kreisen und tatsächlich so merkwürdig, daß sie hier Platz finden soll. Ein vom Schicksal hart hergenommener Mann beerbte seine Tante, eine Multimillionärin, die gerade gestorben war. Er war nun ein reicher Mann und hatte keine Sorgen mehr. Eines Tages nahm er ein Buch aus der Bibliothek seiner Tante und fand beim Herumblättern zwischen den Seiten einen Brief. In diesem Moment begann das Geheimnis seine zerstörende Wirkung zu entfalten, das Verhängnis nahm seinen Lauf. Schließlich, an einem ruhigen Winterabend, ging dieser Mann im Schnee elend zugrunde.

Im Januar des vergangenen Jahres mietete ein Mann namens Hottwanger in Worms ein möbliertes Zimmer. Man beschrieb ihn als einen sauberen, sparsamen Menschen; er lebte still und suchte gelegentlich in den Vormittagsstunden eine passende Stelle im Park auf, von wo er die Caféhausmusik, die er zu schätzen schien, hören konnte. Zur gleichen Zeit saß im Caféhaus ein Mann namens Horn. Er sah Hottwanger vorübergehen, winkte ihm aber nicht zu, da er von Hottwanger nie etwas gehört hatte. Sogar der Name Hottwanger war ihm unbekannt.

In der Nacht zum 4. September, gegen zwei Uhr, traf ein Mann in Flims ein, wo er eine Dame zu treffen hoffte. Der strömende Regen, der plötzlich herabfloß, kam ihm zwar ungelegen, trotzdem begann er, über den oberen Rand der Bergsturzmassen bis zu den Wasserfällen zu wandern, die er aber verfehlte. Danach kehrte er um. Ein Sturm brach aus, die Tischdecken wehten, die Vorhänge wehten aus den Verandatüren, und die Servietten der Kellner wehten, die Kleider der Damen wehten weich weit, und die Schirme stülpten sich um, die Zeitungen wehten dahin, und auf einmal rollte ein riesiger weißer Klumpen vorbei und verwirrte die Menschen. Unser Mann aber saß im Hotel und tat nichts, was über die kleinen Alltäglichkeiten hinausging. Er hatte inzwischen geheiratet, behauptete aber, nicht sonderlich glücklich zu sein. Als man ihn nach den Gründen fragte, lehnte er jede Mitteilung ab. Einen ähnlichen Fall erlebten wir unter freilich ganz anderen Verhältnissen in Namsos, am Meer. So ist jeden Tag etwas anderes, doch auch das muß ja sein.

Unter den Lesern in Ulm, die ein sehr großes Interesse an meinen Geschichten zu haben scheinen, ganz besonders an denen, die meine Reise durch die Antarktis beschreiben, war auch ein Mann, ein gewisser Blend, ein ziemlich beleibter und kürzlich an den Folgen dieser Beleibtheit verstorbener Mensch. Eines Abends hatte Herr Blend ein schreckliches Knistern gehört und bemerkt, wie das Bahnhofshotel von Brix, in dem er ein Zimmer bewohnte, zu schwanken begann. Als er ins Freie trat, sah er, wie um ihn herum die Erde platzte. Er sprang, über sehr bedenkliche Risse hinweg, durch das Direktionsgebäude der Brixer Bergwerksgesellschaft, das hinter ihm lautlos zusammenfiel. Dabei war er ganz still, er redete nicht, er sprang vielmehr wortlos davon, und darum will ich das gleiche tun. Ich schweige, um die Leser für andere Ereignisse zu schonen.

Als ich einmal die Treppe hinaufging, kam mir von oben kommend ein großer lachender Mann entgegen. Wir waren beide derart überrascht von dieser Begegnung, daß wir keine Zeit hatten, einander zu grüßen. Ich kannte den Mann nicht, hatte aber das Gefühl, daß die Geschichte, die ich begonnen habe, anders hätte ausgehen können als die, die ich hiermit beende.

Ein Mann gab ein Festessen, zu dem auch der Fotograf Schlegel erschienen war. Am Ende des Abends hob er sein Glas, trank Schlegel zu und rief: Hoch Oranien, hoch hoch hoch. Die Gesellschaft stimmte ein, obwohl nicht ein einziger der Gäste, ebensowenig wie der Gefeierte, verstand, worauf sich der Trinkspruch bezog. Erst am folgenden Tag fand der sehr nachdenkliche Bibliothekar O, der auch zu den Anwesenden gehört hatte, heraus, wie alles zustande gekommen war. Der Mann hatte den Fotografen Schlegel mit dem Dichter Tieck verwechselt, diesen mit dem Dichter Tiedge und dessen Hauptwerk Urania mit Oranien.

Ein Mann löste ein Gummiband und zog es auseinander, drückte den Knopfschieber zu Beginn des Heraufschiebens des Schiebers ein und öffnete unter Anheben der Stange, wobei er darauf achtete, daß die Schieberklinke am Griff hörbar einrastete, einen Schirm, schloß ihn aber sogleich wieder durch einen Schlag mit der flachen Hand auf den Griff, schob ihn nunmehr zusammen und achtete darauf, daß der Stoff nicht zwischen den Schienen eingeklemmt wurde, darum zupfte er, bevor er ihn ganz zusammenschob, den Stoff sorgfältig heraus, rollte den Stoff unterhalb des sich bildenden Pilzes, faßte den Pilz nun zusammen, schloß nun das Gummiband, zog das Futteral über und verschwand.

Ein Mann hatte sich bei einem Spaziergang verlaufen. Man hat ihn niemals wieder gesehen.

Ein Mann, ein Geiger, hatte das Geigenspiel in vollkommen neue Bahnen gelenkt. Man darf behaupten, daß weder vor ihm noch nach ihm ein größerer Geiger auftrat als er. Einmal kündigte er einen musikalischen Scherz an. Man war gespannt, zumal es eine gewisse Zeit dauerte, bis er mit seiner Geige erschien. Namentlich die Damen waren außer sich, als er sie endlich ans Kinn setzte. Hinterher aber meinte die Gräfin Q, dieser Scherz sei wohl doch nicht so bedeutend gewesen, wie man erwartet hatte.

Ein in Goms lebender Mann hatte einen Sohn. Dieser, ein kräftiger Bursche, zeichnete sich durch grobes Herumtreiben, Wirtshausleben und übelste Geldschändung aus. Dabei wurden Getränke nicht nur getrunken, wie es in allen Wirtshäusern üblich ist, sondern auch auf die Erde gegossen, wenn es dem Übermut des genannten Mannes gefiel. Einmal wurden sogar mehr als drei Dutzend Flaschen in einen dem Wirtshaus benachbarten Teich geschleudert. Damit nicht genug, zu seinen Wirtshausbelustigungen gehörte es auch, die ausgesuchtesten Speisen auf die Straße zu werfen, ganze Schinken, Schnitzel, Kartoffeln und Süßspeisen, Suppen, Gemüse und Teigwaren, dabei besonders Nudeln. Wer einigermaßen mit ihm in Berührung kam, wurde mit kleinen Geschenken erfreut, ein Musikfreund erhielt eine gute Geige, ein Raucher zwei Tabakspfeifen und mehr. Eines Nachts geriet dieser Mann in eine Rauferei, die am folgenden Morgen durch einen einzigen furchtbaren Schlag beendet wurde. Ich bin überzeugt, mit diesem Schlag den Geschmack meiner Leser, die sich gern in Erstaunen versetzen lassen, getroffen zu haben.

Einmal suchte man einen Mann, der verschwunden war. Man suchte ihn mehrere Monate. Im Juli glaubte man, ihn gefunden zu haben, in Antwerpen und in einigen Orten in Ungarn, bei Göppingen in Württemberg und Tauberbischofsheim, im August in einigen Orten der Schweiz und im südlichen Schweden, in Le Havre, in Halle und Ende September an einer Stelle in Asien, ein Stück neben Bombay. Dort stürzte der Mann mit einem Schrei zu Boden. Es kamen Leute vorbei, die meinten, er schreie aus Schmerz. Doch ich sage, vielleicht schrie er gar nicht aus Schmerz, sondern aus einem ganz anderen Grund. Später wurde der Mann sehr fett und redete viel. Wenn man ihn aber nach seinem Namen fragte, verdunkelte sich sein Gesicht; er ging still und verschlossen dahin und verschwand.

Drei Tage lang ist ein Mann im Einkaufszentrum von Utrecht auf der Suche nach dem Ausgang umhergeirrt. Er hatte im vorösterlichen Gedränge die Orientierung verloren. Nach seiner Rettung erklärte der Mann, er habe es nicht gewagt, nach dem Ausgang zu fragen.

Eines Tages fiel ein Mann vom Stuhl. Er saß, wie berichtet wurde, auf die gewöhnlichste Weise auf einem Stuhl und fiel plötzlich herunter. Als er am Boden lag, sah er plötzlich auch einen anderen Mann, den er zuvor gar nicht beachtet hatte, vom Stuhl fallen und kurz darauf einen bisher noch nicht in Erscheinung getretenen dritten Mann. Als alle am Boden lagen, begann die Sache erst richtig: plötzlich fiel auch ein vierter Mann vom Stuhl. Aber das war noch nichts im Vergleich zu dem, was später passierte.

Zwölf Uhr nachts kam ein Mann auf die Idee, die Welt zu verändern. Er saß etwa sechstausend Meter weit in der Ferne und starrte hinauf in den Himmel, der ebenso schwarz war wie seine Gedanken. Im folgenden Jahr versuchte sich, einem Bericht Schmelzers zufolge, ein Mann in die Lüfte zu schwingen, in aller Stille, im Gummimantel. Im gleichen Bericht erfährt man von einem Mann, der sich im März beim Hinaustreten aus seiner Wohnung schnell um die eigene Achse dreht, damit ihn der mutmaßlich wehende Wind von allen Seiten bestreichen konnte. In allen drei Fällen handelt es sich um den Reisenden Stein, den ich auf der französischen Insel Batz traf und in ein langes Gespräch verwickelte. Der Atlantische Ozean lag wie gefroren da. Das Essen war nicht besonders. Nach dem zweiten Gang ging ich fort, zurück in die Heimat, um das, was ich damals erlebt hatte, niederzuschreiben.

Einmal traf ich einen Mann mitten im Meere schwimmend und hatte Gelegenheit, seine Fertigkeit und erstaunliche Ausdauer zu beobachten. Alle Kunststücke, die er später an Land vorführte, waren nichts im Vergleich zu seinem Verhalten im Meer. Sie kamen kaum in Betracht.

Einem Eisenbahnreisenden, der sich auf einer Vergnügungsreise nach San Francisco befand, wurde, als man gerade durch ein wüstenähnliches Gelände fuhr, ein frischgeschossener Regenpfeifer serviert. Der Mann, ein Angestellter der Handelskammer von Cincinnati, hatte schon eine ganze Weile die Bequemlichkeiten des Sitzens genossen, die Geschwindigkeit und alle Annehmlichkeiten der Eisenbahn; nun begann er, sich mit Behutsamkeit dieser Mahlzeit zu widmen. Beim Dahinfahren bemerkte er im Coupé, auf der Bank gegenüber, eine hübsche holländische Witwe, die eine augenblickliche Abneigung gegen ihn faßte und sich seinen Annäherungsversuchen hartnäckig widersetzte. Deshalb gab er sich in der Nähe von Salt Lake City dem Glücksspiel hin, spielte mit gezinkten Karten, gebrauchte sie aber auf eine so leicht durchschaubare Weise, daß er sich bald gegen seine empörten Opfer zur Wehr setzen mußte, und zwar mit Fäusten, Pistolen oder einfach dadurch, indem er den Kopf senkte und derart auf seine Mitreisenden einstürmte, daß er einen von ihnen mit einem Stoß in den Magen tötete. Im Laufe der Zeit wuchs das allgemeine Mißvergnügen, die Zahl seiner Gegner wurde so groß, daß er schließlich im Kugelhagel aus dem fahrenden Zug springen mußte. Auf einem von Wind und Regen gepeitschten Bahnsteig sah man ihn später erschöpft auf dem Koffer hocken. Die Enttäuschungen ließ er sich aber nicht anmerken.

Ein Mann, der mit großer Fassung, dunkel gekleidet, an seine Aufgabe, das Klavierspielen, ging, an die Lösung seiner Aufgabe als Klavierspieler, sah gelegentlich um sich und hinab ins Publikum, als dächte er gar nicht an die Musik und wolle dagegen mit jemandem Streit beginnen. Doch man ertrug seine Fehler gern, auch dann, wenn er sich vom Klavierstuhl erhob und nun auch wirklich, ohne sich um Beliebtheit zu kümmern, den Saal verließ, ohne einen Ton, ohne einen einzigen Ton gespielt zu haben den Saal verließ. Das hat er bekanntlich schon oft getan, und manche behaupten deshalb, er könne gar nicht Klavier spielen, er täusche vielmehr nur einen Klavierspieler vor. Aber das ist hier ohne Bedeutung.

Ein Mann überraschte die ganze Gegend, indem er feste und ziemlich umfangreiche Gegenstände ohne Schwierigkeiten hinunterschluckte, mit leichten Schlägen auf die Handgriffe. Nachdem er zwei Degen verschluckt und wieder herausgezogen hatte, verschlang er ein Bajonett, wobei das Gewehr weit aus dem Mund hervorragte. Den Abschluß der Sache bildete schließlich das nahezu vollständige Verschlingen eines Spazierstocks eines zufällig vorbeigehenden Mannes, der gar nicht wußte, was los war.

47

Ein Mann, ein gewisser Lang, wanderte aus nach Amerika und hieß eines Tages Faust. Aber das will nichts heißen. Es gehört eigentlich gar nicht hierher.

Ein Mann, ein Posaunist, niemand weiß, wo er herkam, wurde bei einer Wanderung durch das Zillertal am Donnerstag von einem Unwetter überrascht und dabei von einer Sturzflut mitgerissen. Niemand weiß, wohin er verschwand.

Ein Mann fand eines Morgens in seiner Stube einige graue Haare. Die Wahrnehmung überraschte ihn, aber er hielt sich nicht lange dabei auf. An einem anderen Morgen fand er an einer anderen Stelle wieder einige graue Haare, aber auch das störte ihn nicht. Die Länge der Haare war ihm sehr schnell entfallen, sie ist in diesem Zusammenhang ohne Bedeutung, ebenso ohne Bedeutung wie die Farbe der Haare, das alles war ihm ganz gleichgültig, es störte ihn nicht. Ich könnte an diesem Punkt die Geschichte ohne besondere Umstände beenden, wenn nicht ein neues Ereignis eingetreten wäre. Eines Morgens nämlich erwachte der Mann und betastete seinen Körper. Die Füße? Da waren die Füße. Die Beine? Sie waren auch noch an ihrem Platz, der Bauch und die Brust und so weiter, alles war da, wo es hingehörte. Der Mann stand auf, sein Selbstvertrauen war groß, er versuchte zu gehen und ging, es ging gut. Er versuchte nun auch zu sprechen und später zu singen, es ging wirklich alles. Aber dann fand er einige graue Haare. Er war inzwischen daran gewöhnt, graue Haare zu finden, noch niemals aber hatte er graue Haare von solcher Länge und Menge gefunden. Und als er den Kopf betastete, durchfuhr ihn ein großer Schreck: er fand keine grauen Haare, er fand überhaupt keine Haare. Als er auf der Straße einmal die Mütze abnahm, blieben die Leute stehen und schrien.

Ein Mann hatte die Absicht, die Welt zu Fuß zu durchwandern, und war am Vormittag losgegangen. In der Mittagszeit hielt er an, um sich beim Leser beliebt zu machen. Er erzählte von der Stadt Bex und machte eine recht hübsche Bemerkung über Buchs, der sich bald ein paar passende Worte über Bitsch anschlossen. Ehe wir uns aber in Bitsch richtig auskannten, befand sich der Mann schon in Brig, von wo er in einem einzigen Bogen nach Lax ging, natürlich nicht ohne einen der kleinen Abstecher nach Gletsch erwogen zu haben. So plauderte er sich durch den Kontinent, er streichelte die Gegenstände der Natur, aber auch die gebuckelten Viadukte, die langen, aus tiefen Schluchten hervorbrechenden Brücken, er schlüpfte über das Wasser und durch die Luft. Kurz darauf fesselte er unsere Aufmerksamkeit mit etwas ganz andrem, die Orte schwirrten vorbei. Dieser Mann schrie nicht, er redete nicht einmal laut, ich würde sagen: er flüsterte.

Ein Mann lag im Gras, um sich eine gewaltige Schlange vorzustellen, die herabhing, aber es fiel ihm nicht ein, vor diesem Produkt seiner Einbildungskraft davonzulaufen. Ein anderer Mann, der sich auch eine herabhängende Schlange vorstellte, ergriff entsetzlich schreiend die Flucht und verschwand in der Fremde. Etwas Ähnliches geschah einige Tage später auf dem Gebiet des Gehörs. Ein Mann stellte sich ein Gespräch vor, und es geschah nichts, was zu erwähnen wäre. Ein anderer Mann stellte sich auch ein Gespräch vor. Der Mann lag im Gras, wie am Anfang meiner Geschichte, in dieser ganz leichten, ganz weichen geräuschlosen Welt, von der ich erzähle, und plötzlich öffnete er den Mund. Es wäre nicht schwer, das Öffnen zu schildern und die Bewegung beim Sprechen; aber es wäre ganz überflüssig, ganz nutzlos, ganz aussichtslos; mit anderen Worten: es gibt überhaupt keinen Grund, es zu tun. Ich erwähne das ausdrücklich jetzt, an dieser Stelle des Buches, obwohl der beschriebene Mann mir geraten hat, darüber zu schweigen.

Eine Meldung von einem Geschehen, das einen verhältnismäßig günstigen Ausgang genommen hat, kommt aus Mol, wo ein Mann einem anderen Mann einen Eimer, den er in einem Bach, der in der Nähe vorbeikroch und in der liebenswürdigsten Weise den Berg hinabglitt, durch den zart zergehenden Schnee, unter den wehenden Weiden sich sanft vergrößernd weich in den freundlichen Fluß hineinrann, der im stillen mondscheinbeschienenen Meer zerfloß, mit Wasser gefüllt hatte, mit einem einzigen kalten Schwung über den Kopf goß.

Wenig Erfreuliches ist von einem Mann aus Goms zu berichten, der einen Abhang herabsprang, weil er uns seine Ansichten mitteilen wollte. Infolge der großen Geschwindigkeit konnte er aber kein Wort herausbringen, er war derart erschöpft, daß er, als er unten ankam, umsank und schwieg. Mir ist, wie man bemerken wird, dieser Mann nicht so wichtig. Man wird auch bemerken, daß es mir völlig unmöglich ist, seine Ansichten, die ich für grundfalsch halte, im Rahmen eines so kurzen Artikels auch nur einigermaßen ausführlich zu behandeln; zumal er gerade aufsteht und geht, ohne sich um die Aufregung zu kümmern, die sein Auftritt verursacht hat.

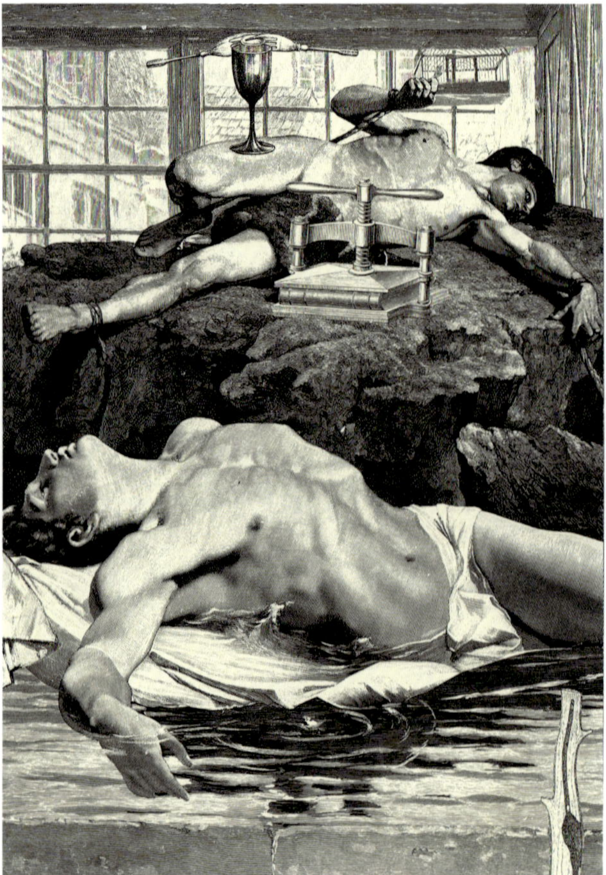

Eine Anzahl merkwürdiger kriminalistischer Ereignisse, die der Rede wert wären, enden leider so unpassend, daß ich sie einem gemischten Leserkreis nicht zumuten kann. Ich kann allenfalls von einzelnen Fällen sprechen, wenigstens aber von einem Fall, in dessen Verlauf ein Mann eine fürchterliche Entdekkung macht. Dieser Mann, sein Name ist Brammer, tritt auf die Straße und entfaltet wegen des regnerischen Wetters den Schirm. Wer den Mann sieht, muß denken, Herr Brammer gehe spazieren. Doch er geht nicht spazieren, er heißt auch nicht Brammer, er hat mich lediglich gebeten, ihn Brammer zu nennen. Nun ist nichts Anstößiges mehr an der Sache.

Die Sache ist klar.

Kürzlich warf ein Bergsteiger, ein Mann aus Goch, eine abgenagte Kalbshaxe in eine Schlucht. Der Knochen traf einen anderen Mann, der gerade Brotzeit machte, an der Stirn. Das ist der Anfang des Ganzen. Am Ende stehen Worte, aus denen die Geringschätzung des menschlichen Lebens hervorleuchtet. Das genügt. Alles andere wäre gelogen.

Ich beschreibe jetzt einen Mann, der plötzlich hinaus in die Finsternis springt, der die Tür aufreißt und einfach hinausspringt in diese gefährliche Gegend; freilich wird er im nächsten Moment ins Zimmer zurückgeschleudert. Es ist fast unmöglich, das Erstaunen der anwesenden kleinen Gesellschaft zu schildern. Aber das will ich auch gar nicht schildern, was ich in Wirklichkeit schildern will, ist der folgende Vorgang, und ich muß da um äußerste Aufmerksamkeit bitten: dieser Mann, dem die vorbeirollenden Automobile nicht sonderlich zusagen, beginnt nun, zwei dreieckige Tücher krawattenförmig zusammenzufalten. Das eine legt er mit seiner Mitte unter das Kinn und führt beide Enden des Tuches an seinen Schläfen vorbei zum Scheitel hinauf, wo er es langsam verknotet. Und nun passen Sie auf: das zweite krawattenförmig gefaltete Tuch legt er in seiner Mitte vorn auf das Kinn und verknotet es mit den beiden Enden am Hinterkopf. Weiter ist nichts in Erfahrung zu bringen. Oder doch. Aber das ist ein so trübes geheimnisvolles Gebiet voller ungelöster Fragen, daß ich an deren Aufklärung erst auf den nächsten Seiten zu gehen gedenke.

Ein Mann hatte einmal die Stromrechnung nicht bezahlt, so daß ihm die Stadt das Licht abdrehte. Es geschah nun, daß er in seiner Wohnung, in der Wittelsbacher Allee in Frankfurt, einen Hosenknopf verlor, der unter das Sofa rollte. Als der Mann sich entschloß, nach dem Knopf zu suchen, indem er, eine brennende Kerze vor sich herschiebend, unter das Sofa kroch, entzündete er die Polsterfüllung, ohne es freilich zu bemerken. Erst als es zu qualmen begann, versuchte der Mann, das Feuer zu löschen; aber das war vergebens. Bald brannte der Teppich, dann brannten die Möbel und die Gardinen, schließlich standen die Fensterrahmen in Flammen. Wie diese Sache ausging, kann man sich denken. Ich jedenfalls möchte von etwas anderem reden.

Ein Mann von gewissem Ansehen, der unser wärmeres Interesse nicht verdient, an den jede Liebkosung mit Worten eine ganz nutzlose Verschwendung wäre, wird in der nächsten Zeit in Olm auftauchen. Er wird im Verlauf der Dinge bei allen Theatervorstellungen zu sehen sein, wird zwei oder drei Schauspielerinnen unter seinen Schutz nehmen, die Tochter einer Näherin zu schlechten Gewohnheiten überreden, sie von einem Chauffeur ermorden lassen und zuletzt, ganz mittellos, überall und immer herumborgen; denn sein Abstieg geht in der größten Geschwindigkeit vor sich, man wird ihn gerichtlich belangen, nichtsdestoweniger aber in den vornehmsten Kreisen zigarrendampfend wiedersehen, kurz, er wird alles mögliche tun, um diese Geschichte, wie es der Leser wünscht, zu einem schlechten Ende zu führen.

Einem Mann von Geist und Humor gelang mitunter ein besonders feiner und wirksamer Scherz mit dem eigenen Namen. So meinte er einmal, es wäre wohl besser, wenn er Bolvin hieße, denn dieser Name würde schönere Vorstellungen wecken und gewiß lieber gehört werden als der Name, den er trug: Stein. Einen Scherz mit dem eigenen Namen soll vor nicht allzulanger Zeit auch ein Mann namens Schott gemacht haben.

Es wird erzählt, daß eines Tages ein Mann mit ungefähr fünfzehn anderen Männern vorbeiging; dabei soll er, sagt man, mir plötzlich zugenickt haben. Er war aber derart von anderen Männern verdeckt, daß ich ihn kaum zu Gesicht bekam. Und dennoch sah ich etwas, von dem ich noch heute glaube, daß es sein Hut war, den er, womöglich um mich zu begrüßen, für einen Moment erhoben hatte. Mir schien auch, daß er einen recht fröhlichen Eindruck machte, aber im Innern des Mannes sah es vielleicht ganz anders aus.

In den Dolomiten traf ich einmal mit zwei Männern zusammen, die als Touristen gekleidet waren. Ich schloß mich ihnen an, und wir stiegen ein Stück in die Höhe. Wir besprachen dabei die Genüsse der touristischen Lebensweise, aber auch deren Anstrengungen und Entbehrungen. Ich erfuhr viel von den Nebenumständen des Reisens, von gewissen Ereignissen, die manchmal am Rande passieren. Bei der Erörterung aller Einzelheiten konnte ich kaum mehr bezweifeln, daß ich mich in der Gesellschaft von Schurken befand. Aber selbst unter diesen Umständen wollen wir nicht versäumen, die Geschicklichkeit zu bewundern, mit der diese Männer beim Davonklettern die Bergwelt verblüfften.

Zwei Männer trafen sich eines Tages in Minnesota. Von dieser Begegnung wäre wenig zu erzählen, wenn nicht der eine von beiden, ein Mann aus Nebraska, plötzlich ein Kratzen im Hals verspürt hätte. Er hustete kräftig und hatte danach eine Kugel im Mund, die ihm vierzig Jahre lang in der Brust gesteckt hatte und die er nun auf den Boden spuckte. Das Geschoß hatte ihn in Ohio erreicht, als er im Alter von achtzehn Jahren die amerikanische Unabhängigkeit feierte. Viele Leute, die bei dem Vorfall anwesend gewesen waren, behaupten jedoch, daß gar kein Schuß gefallen sei, daß dieser Mann nur von der Möglichkeit eines Schusses getroffen worden war. Wir wollen den Fall nicht noch einmal aufgreifen. Ich gebe aber dem Leser hier die Gelegenheit, sich von seiner besten Seite zu zeigen.

Vor einer Hütte, auf einem umgehauenen Baumstamm, hat sich soeben ein Mann, der, seinem Reiseanzug nach, offenbar aus weiter Ferne kommt, niedergelassen. Er stützt sein Kinn auf die linke Hand und betrachtet mit nachdenklichem Ausdruck einen anderen Mann, der einem dritten Mann, der sich im Inneren der Hütte befindet, ein paar Worte zuruft. Offenbar ist der eine Mann für die zwei anderen Männer eine fremde Person, und da die Hütte so versteckt liegt, daß nur wenige Männer, die nicht im Walde zu Hause sind, daran vorbeikommen, ist es natürlich, daß besonders der Mann in der Hütte über die ungewohnte Erscheinung ein wenig verdutzt ist. Umgekehrt ist es aber auch nicht viel anders. Da sich diese Geschichte vor nicht allzu langer Zeit in der Wirklichkeit ereignet hat, ist der Rest leicht zu erraten.

Über Marl und die Entdeckung, die in den letzten Wochen in Marl gemacht wurde, werden wir später reden; heute reden wir über Hamm und die Entdeckung in Hamm. Andererseits ist über die Entdeckung in Hamm schon so oft gesprochen worden, daß wir nicht auch noch darüber sprechen wollen. Wir werden über einen Chinesen sprechen, der einen Mann besuchte und einen leichten fernöstlichen Scherz gemacht haben soll, über den viel gelacht worden ist. Dieser Chinese sah einmal zum Fenster hinaus und fand an dem, was er sah, nicht den geringsten Gefallen. Achtung, soll er plötzlich gesagt haben, als er eine Entdeckung gemacht hat. Das war die berühmte Entdeckung in Marl, die man freilich nicht ihm, sondern einem anderen zuschreibt, der mit der Sache gar nichts zu tun hat.

Gestern fiel einem Mann eine Mark aus der Tasche. Die Münze rollte über den Boden und stürzte auf die Schienen hinab. Der Mann sprang hinter ihr her, direkt vor den einfahrenden Zug der Untergrundbahn. Das war achtzehn Uhr zehn in Berlin. Eine Stunde danach riß in Köln der Winter oder vielmehr der Wind einen Mann vom Dach eines Hauses. Er schlug mit dem Kopf auf die Straße und war sofort tot. Fast im gleichen Moment fuhr ein Maler in Marl mit seinem Motorrad gegen die Wand und war tot. Er hatte wegen des Regens den Kopf tief gesenkt und war tot. Es war ein durchaus nicht bedeutender Mann, er bot kaum Anlaß zum Nachdenken. Einen Augenblick später hatte ein Mann in Luzern einen Revolver in seiner Hand und schoß lachend auf Dachdekker. Nach einer Weile in Gaal, am nächsten Morgen in Gnutz, im folgenden Monat in Hüls, eines Nachts, eines Tages, ein frostiger Tag am Anfang des Jahres in Como.

Rubini, der berühmte italienische Sänger, der nach einem zaghaften Anklopfen durch die Tür trat, oder trat er die Tür ein, Rubini also kam auf mich zu, er sang nicht, er sagte: Mein Herr, Sie bedeuten mir nichts, Ihr Befinden ist mir egal, Ihr Schicksal geht mich nichts an, die Verhältnisse, in denen Sie sich befinden, sind gewiß scheußlich, aber sie interessieren mich nicht, es kommt mir auch nicht darauf an, was Sie sagen, Ihre Worte nehme ich nicht zur Kenntnis, ich höre sie gar nicht, ich mache mir nichts aus Worten, deshalb passen Sie auf: ich werde Sie jetzt verlassen, ich habe keinen Geschmack an Ihren Zigarren, sie sind schauderhaft wie die Zustände, in denen Sie leben; ich werde jetzt gehen, Sie sehen mich niemals wieder. – Von diesem Moment an sah ich den Mann überall. Rubini, der Liebling des Publikums, saß in jedem Café, das ich besuchte, raschelnd hinter der Zeitung. In jedem Treppenhaus stieg er mir hutlos entgegen, mit einem kurzen gefährlichen Lachen. Rubini tanzte auf der Terrasse des Grandhotels, in diesem leichten klirrenden Leben. Ich sah ihn frackschwarz im Kurhaus einer gebogenen Dame die Hände reiben oder aus Anlaß einer ganz allgemeinen Erschöpfung auf einer Parkbank sitzen und in die Luft hinaufpfeifen. Eines Nachts sprang ich aus meinem Bett zum

Schrank, den ich aufriß, ich griff in die Dunkelheit hinein und faßte in einen menschlichen Körper, der einen gräßlichen Schrei ausstieß; die Haut war fast kahl: möglicherweise Rubini, doch ich bin nicht ganz sicher. Im Augenblick spielt das auch keine Rolle, da er gerade im Stadttheater, die Arme ausbreitend, mit aufgerissenem Mund, von oben auf mich herabsingt: das ist er. Wenn ich ihn sehe, mache ich mir Gedanken, aber ich mache mir auch Gedanken, wenn ich ihn nicht sehe. Ich mache mir immer Gedanken, und das ist, zieht man die Prachtlosigkeit seiner Stimme in Betracht, wirklich nicht nötig.

Nun springt mit Pfeife und Frack ein Mann von der Brücke in San Francisco. Der Mann heißt Körk und verläßt diese Welt, von der er nichts hält, mit einem ungeheueren Platschen. Er läßt nichts zurück als einen beschriebenen Zettel; aber die Worte, die darauf stehen, kann man nicht lesen, er hat eine schlechte Handschrift. Wo wollen Sie hin? soll man Körk gefragt haben, bevor er hinabsprang. Das sehen Sie doch, soll er geantwortet haben. Mehr ist von diesem Fall nicht bekannt. Es ist ohnehin schon fast dunkel geworden.

Es ist lange her, aber eines Tages sagte ein Mann, der irgendwo stand: Hier kann ich nicht stehenbleiben. Er hatte einen Revolver in der Hand, er hatte diesen Revolver oft in der Hand, immer ungeladen, denn erstens hätte der Schuß doch einmal losgehen können, zweitens verstand er sich nicht auf Revolver, drittens lud er seinen Revolver nicht, weil noch niemals ein Mensch auf den Gedanken gekommen war, daß dieser Revolver ungeladen sein könnte. Und da jedermann annahm, daß der Revolver geladen war und im geeigneten Moment losgehen würde, war es nicht nötig, ihn zu laden. Überhaupt fiel in dieser Gegend nichts vor, was einen Revolver erforderlich gemacht hätte. Also steckte der Mann den Revolver in seine Tasche, allerdings griffbereit, und ging. Es war höchste Zeit.

Ein Mann fand es gut, eine Sammlung anzulegen. Und da er sie gegen Staub schützen wollte, brachte er sie in gut schließenden Kästen unter, die er in gut schließenden Sammlungsschränken aufbewahrte, welche er in geschlossenen Räumen aufstellte. Dieser Mann konnte in dieser Beziehung nicht vorsichtig genug sein. Also wählte er Räume in abgesperrten Häusern, die in wenig befahrenen Straßen standen, die in menschenleeren Ortschaften lagen, die er in verlassenen Landschaften fand, in weiter Ferne von jedem Leben. Es war freilich ein Unglück, daß dieser Mann seine Sammlung niemandem zeigen konnte. Das wiederum war deshalb nicht ganz so übel, weil dieser Mann unter den geschilderten Umständen gar keine Sammlung anlegen mußte, er also die Kästen, die in den Schränken in den geschlossenen Räumen in den abgesperrten Häusern in den wenig befahrenen Straßen in den menschenleeren Ortschaften in den verlassenen Landschaften standen, in weiter Ferne von jedem Leben, auch nicht öffnen mußte. Dann und wann, wenn Besuch kam, zeigte er aber die zur Sammlungsaufbewahrung vorgesehenen, ganz und gar staubfreien Kästen.

Ganz ohne Veranlassung mußte ein Mann plötzlich gähnen, und zwar hier, vor unseren Augen. Das veranlaßt uns, diese Geschichte, die wir gerade begonnen haben, augenblicklich zu beenden.

Vier Männer, ein Seifenreisender, ein Pantoffelmacher, ein Kunststopfer und ein Etagenkellner, machten sich eines Tages auf den Weg, um sich die Welt anzusehen. Nach einer langen beschwerlichen Reise durch große wasserlose Gebiete kamen sie an das Meer und sprangen hinein. Es war ein sehr schöner Tag, so schön, daß man eigentlich schweigen sollte. Dieser Ansicht war auch ein Neger, ein Angehöriger der dunklen afrikanischen Völker, der gerade vorbeikam. Soll ich schweigen? rief er den Männern zu. Aber die Männer hatten den Mund voller Wasser und konnten nichts sagen. Aus diesem Grunde hat es auch nicht viel Sinn, länger bei diesem Ereignis zu bleiben.

Ein Mann, noch im tiefsten Schlaf vergraben, sang zuweilen. Er sprang aus dem Bett und begann im Garten zu wühlen, ungeduldig singend suchte er nach den Wurzeln der Pflanzen, im Dunkeln fand er sie aber nicht. Er freute sich über das rasche schöne vom Wetter begünstigte Wachstum und riß singend viel aus dem Boden heraus, weil er alles für wucherndes, in der Gartentiefe fressendes Unkraut hielt. Auf diese Weise rupfte er schließlich sämtliche Pflanzen aus diesem Garten heraus, dann sang er ein bißchen, dann schlang er schnell alles hinab, was man ihm vorsetzte. Er zeigte mir dieses ganz pflanzenlose ganz baumlose Land und sagte:

Doch gehen wir weiter
zum nächsten Mann.

Ein Mann, der im Bahnhof seinen Morgenkaffee trank, sah sich im Wartesaal mit einem Mal zwischen Stühle und Tische geklemmt, wobei er geringe Quetschungen erlitt. Die Kellner sprangen schreiend davon, das Geschirr fiel und fiel überall. Der Zug, der nicht rechtzeitig anhalten konnte, zertrümmerte den Prellbock und den danebenstehenden Zeitungsverkaufsstand, überrollte den Querperron, durchschlug die Wand der Empfangshalle und kam endlich in dem von Zigarrendämpfen durchwehten Wartesaal der Ersten Klasse zum Stehen, aber nur deshalb, weil sich einige Steine vor die Vorderräder der Maschine legten, sonst hätte sich der Zug wohl weiter durch die ganze Empfangshalle und durch die Wand bis hinaus auf den Bahnhofsplatz und weiter hinauf durch die Bahnhofstraße durch die ganze ihrer Sehenswürdigkeiten wegen berühmten Stadt gewälzt und den Mann vor sich hergeschoben.

Ein Mann hörte in seinem Zimmer, daß etwas tropfte, da stellte er einen Eimer unter das Tropfen, aber der Eimer hatte ein Loch, da stellte er den Eimer in eine Schüssel, und weil die Schüssel ein Loch hatte, stellte er sie in eine Wanne, in der ein Loch war, darum stellte er die Wanne in ein großes Becken. Freilich bemerkte er nun, daß das Becken ein Loch hatte. Doch der Mann wußte sich zu helfen und warf das Becken mit der Wanne mit der Schüssel mit dem Eimer mit dem Loch in das Meer vor seinem Haus. Von nun an hatte er seine Ruhe und hörte kein Tropfen mehr.

Ein Mann, viel kleiner, als ich ihn mir vorgestellt hatte und vor allem viel dünner, wurde auf einer Seereise nach Südamerika während eines Sturmes im Meerbusen von Biscaya von der Seekrankheit ergriffen. Alle Energie des Willens verließ ihn derart, daß er, als seine Taschenuhr infolge der heftigen Schiffsbewegungen heraus aus der Tasche gefallen war, nicht die Kraft besaß, sie aufzuheben. So blieb die Uhr einen halben Tag auf dem Fußboden liegen, bis sie von einem Matrosen entdeckt und dem Mann, der von nun an das Meer mied, übergeben wurde.

Ein Mann, ein Inländer, zur Zeit aber im Ausland lebend, ließ seine Zigarre im Munde herumwandern. Der Rauch, der wahrscheinlich infolge einer Vergeßlichkeit im Körper zurückblieb und nicht mehr zum Vorschein kam, erschien plötzlich doch. Er kam aus der Tiefe dieses Mannes heraus, und es war eine Sehenswürdigkeit, wie dieser Mann die Zigarre zum Fenster hinauswarf, in diese Landschaft hinein, auf eine derart abschließende Weise, als wolle er niemals wieder in diese Landschaft hinaussehen, ja, als sei alles, was in dieser Landschaft zu sehen war, endgültig oder jedenfalls für heute nicht mehr der Rede wert.

Ein Mann, ein sehr schwerer Mann, wurde, weil er mit aller Macht zu singen begann, aus dem Wirtshaus gewiesen. Wie schwer dieser Mann wirklich war, darüber gibt es nirgendwo eine Auskunft; man kann aber ohne weiteres annehmen, daß er sehr schwer war. Ob dieser Mann aber wirklich der schwerste von allen möglichen Männern war, wie der Wirt erklärte, kann nicht beantwortet werden. Man sagte von ihm, das Gehen und Liegen sei ihm völlig unmöglich, Tag und Nacht müsse er sitzend in einem Sessel verbringen, und weil dieser Sessel von einer so ungeheueren Größe sei, daß er durch keine Haustür der Welt gehe, müsse er unter dem freien Himmel sitzen, bei Sturm und bei Regen und unter dem Schimmern des Mondes, mit kleinen ins Fleisch gesunkenen offenen Augen.

Ein Mann hatte vergessen, wie groß die Welt ist und wie wenig es genügt, gut zu Fuß zu sein, um von da, wo er war, bis an die Stelle zu kommen, die man ihm als recht hübsch und aussichtsreich empfohlen hatte. Er machte sich also auf den Weg, doch er hätte sich diese Mühe sparen können. Das war allerdings noch das Geringste. Das Ärgste kommt noch.

In einem Abteil der Eisenbahn saßen einmal zwei Männer, die der Zufall zusammengebracht hatte. Bei einem kleinen Schwanken des Wagens sagte der eine, er habe den anderen Mann schon einmal gesehen, er wisse nur nicht mehr wo. Das könne schon sein, sagte der andere Mann, vielleicht sei es in Bebra gewesen. In Bebra, sagte der erste Mann, sei er noch niemals gewesen. Dann werde es wohl an einer anderen Stelle gewesen sein, war die Antwort. Darauf fuhren beide schweigend bis zur nächsten Station, verließen den Wagen und gingen in verschiedenen Richtungen grußlos davon.

Am Ende einer Verwirrung sprangen zwei Männer vom Dach eines Hauses herab. Der eine fiel auf die Straße, wo er sich unter die Menge mischte. Der andere stürzte in einen Kanal und schwamm durch das schwarze Wasser zum gegenüberliegenden Ufer. Einem Schleppkahn, an dem er vorbeikam, rief er ein lautes Grüß Gott zu. Aber nun geschah etwas, womit niemand an dieser Stelle gerechnet hatte, in diesem schweren trägen dick in die Dunkelheit hineinfließenden Moment. Das ist eine trotz ihres blutigen Ausgangs eigentlich doch recht hübsche Geschichte.

Ein Mann, der einen überzähligen Finger hatte, besaß vier Söhne. Es wäre nun leicht, von diesen vier Söhnen zu reden, aber das tun wir nicht; wir begnügen uns vielmehr damit, von diesem einen überzähligen Finger zu reden, mit dem der Vater, so wird vermutet, eines der größten entsetzlichsten Verbrechen unserer Zeit ausgeführt haben soll. So stark und dringend diese Vermutungen allerdings sind, so sind es doch nur Vermutungen. Und auch die Berichte von anderen Verbrechen, die, was in solchen Fällen oft vorkommt, große entsetzliche Verbrechen sind, stützen sich nur auf Vermutungen. Vermutungen aber sind unsere Sache nicht.

Ein Mann suchte eine Frau, die ihn am Klavier begleiten sollte. Diese Frau verlor eines Tages die Geduld, warf sich einem Fremden in die Arme, wurde krank, verbreitete diese Krankheit unter zwanzig anderen Männern und ging jämmerlich zugrunde. Den am Anfang erwähnten Mann, sein Name war Krott, packte das Entsetzen derart, daß er mich aufsuchte, um mir die ganze Geschichte anzuvertrauen. In einem von der Öffentlichkeit stark beachteten Moment hatte er sich über mich gebeugt, ich sah, daß er auf mich einsprach, allerdings schien das, was er sagte, nichts anderes zu sein, als das, was ich schon mitgeteilt habe; ich hörte ihm gar nicht zu, ich sah nur in seinen offenen Mund, und dort sah ich ein kleines herausgebrochenes Stück, eine eigentlich unwesentliche schwarze Stelle; aber ich könnte mit der Beschreibung der Stelle ohne mich anzustrengen ein wichtiges Buch füllen; schon die Schilderung des geöffneten Mundes würde ein ganzes Kapitel in Anspruch nehmen, sicherlich mehrere Sätze, oder wenigstens ein paar Worte.

Ein Mann, ich glaube der größte Mann der Welt, oder noch etwas größer, zog die Aufmerksamkeit des Publikums auf sich, indem er gefundene Gegenstände in eine gewisse Unordnung versetzte. Er tat es von seinem Standpunkt aus, ohne daß sich in seinen kalten verschlossenen Zügen die allergeringste Regung zeigte. Als ich das sah, mußte ich plötzlich an einen anderen Mann denken, der es verstand, alle Menschen zum Lachen zu bringen, einfach, indem er Dinge aus seinen Taschen zog, die man dort nicht vermutete. Dabei stand er ganz still. Es ist auffällig, wie oft gerade diese Stelle erzählt wird: ganz still, dabei stand er ganz still. Ich erzähle sie nicht, sie ist ja bekannt genug.

Meine Leser erfahren an dieser Stelle womöglich zum ersten Mal etwas von Neumann. Neumann war groß, das ist wahr, ich kannte den Mann, habe ihn allerdings aus den Augen verloren. Daß ich auch Hartmann kannte, wird meine Leser vielleicht in Erstaunen versetzen, obwohl ich mich kaum noch an ihn erinnere; er war noch größer als Neumann, das spielt aber keine Rolle, es ist wirklich nicht nötig, darüber zu sprechen. Ich möchte überhaupt, um Enttäuschungen zu vermeiden, darauf hinweisen, daß ich mehrere große Männer kannte, von denen ich das, was der Rede wert wäre, vergessen habe. Lehmann zum Beispiel, er war ein Freund verblüffter Gesichter, er ließ, nur um ein verblüfftes Gesicht zu sehen, Leute mitten im Schlaf verhaften und abführen. Das verblüffteste Gesicht machte allerdings Lehmann selbst, als ich mich schließlich entschloß, die Worte: Ich habe Lehmann vergessen, niederzuschreiben. Danach vergaß ich den Mann. Ich habe auch Hauptmann vergessen, den man vor Jahren den deutschen Hofmann genannt hat, und Hofmann vergessen, der manchmal mit Baumann verglichen wird. Baumann habe ich auch vergessen. Unvergeßlich ist mir dagegen Beckmann geblieben, das ist nur ein Beispiel; auch Reimann, ein weiteres Beispiel. Der Mann war so grundsätzlich von der Dunkelheit der Welt und seiner eigenen Verlorenheit überzeugt, daß er in jedem denkbaren Mißgeschick den Beweis für seinen bevorstehenden Untergang sah. Er geriet in große Erregung, wenn sich ihm beispielsweise ein Mensch mit einer angesteckten Zigarre näherte, und es kam vor, daß er auf eine solche Zigarre zusprang und sie aus dem Mund herausriß. Die Folgen ertrug er gefaßt, doch auch Reimann wurde eines Tages vergessen. Nicht viel besser erging es Lohmann. Lohmann versuchte die Aufmerksamkeit auf sich zu lenken, indem er die Frau einer hochgestellten Person durch Leidenschaftsbriefe, heftiges Nachreisen und Hutschwenken belästigte, aber darüber rede ich nicht. Lohmann war nicht beliebt, ging unter und wurde vergessen. Der Liebling des Publikums dagegen war Schumann; nicht etwa wegen seines Sieges am Seitpferd, sondern aufgrund seiner kräftig ausgebildeten Füße. Sobald er erschien, rief man: Bravo, Schumann. Überhaupt hat sich Schumann durch seine vorzüglichen Sprünge die größte Achtung erworben, obwohl man auch das schon vergessen hat, vermutlich weil der Geschmack der Leser sich fortwährend ändert. Vielleicht ist jetzt nicht der Moment, davon zu sprechen, aber schweigen möchte ich auch nicht.

Herr Beck, ein neuer Dirigent, hat im vergangenen Winter großes Aufsehen erregt durch die erstaunliche Beweglichkeit, die er entwikkelt, sobald er ans Pult tritt und seinen Taktstock ergreift. Von den Erfolgen im Spezialitätentheater ist wiederholt die Rede gewesen. Dieser tollkühne Mann setzt alles aufs Spiel, indem er Abend für Abend aus großer Höhe seine aus mehr als sechzig Männern bestehende Kapelle dirigiert. Die geringste Abweichung, ein Fehltritt etwa, eine einzige falsche Bewegung, und er würde unweigerlich in die Tiefe stürzen. Gegen die Sache wäre nichts einzuwenden, wenn Beck, der als Kenner der allgemeinen Konzertverhältnisse gilt, gute, anständige Musik machen würde. Leider ist er der Meinung, dem allerniedrigsten Geschmack der Menge folgen zu müssen, und stellt deshalb ganz ungemein minderwertige Programme zusammen. Wie angenehm ist es deshalb, von einer anderen Kapelle berichten zu können, die von Herrn Böttge geleitet wird. Dieser Mann hat erkannt, daß die bisher geübte Programmgestaltung alles in allem eine Gefahr für die Erziehung des Ohres ist. Unsere Welt, sagt Böttge, hat nicht mehr viel Zeit für Musik. Von diesem Gedanken ausgehend stellt er sich auf den Standpunkt, daß die Geschwindigkeit der Musik erhöht werden muß. So spielen in seinen Vorstellungen nicht nur Minuten, sondern sogar Sekunden eine bedeutende Rolle. Böttge ist es gelungen, ein Musikstück von ursprünglich zweiundvierzig Minuten Länge in einer erheblich kürzeren Zeit zu spielen. Das ist noch nicht alles; er hat auch schon, da er ein ganz hervorragender Automobilsportler ist, aus einem Auto heraus dirigiert und aus einer fahrenden Lokomotive, während seine Kapelle mit der Beschleunigung des Zuges ohne wirkliche Schwierigkeit Schritt halten konnte. Beginnt das Orchester, das gegenwärtig zu den schnellsten Erscheinungen auf dem Gebiet der Musik gehört, eine Sonate zum Beispiel in Porz, dann spielt man den zweiten Satz schon in Deutz, das in großer Eile durchquert wird; der Schluß, noch vor der Ankunft in Sülz, befriedigt eigentlich keinen so recht, dafür wird der Anfang des folgenden Stückes freundlich begrüßt. – Ich will nicht behaupten, daß von nun an jede musikalische Aufgabe auf diese Weise gelöst werden kann; zumal das Tempo des Zuges, aus dem heraus Böttge seine Anweisungen gibt, fortwährend wächst. Eines Tages war es so groß geworden, daß das Orchester ihm nicht mehr zu folgen vermochte. Damals begann Böttge, die Musiker nach ihrer Schnelligkeit auszuwählen, und so schwirrten sie durch Europa. Gerade noch hüllte der Nebel Englands sie ein, da stürmten sie schon durch das weiche verwöhnte Frankreich; unter dem Beifall der Presse wurde Italien passiert mit Werken von Tausmann, Conrad und Koch. Die Schweiz erschien und verschwand; noch hat man die Töne in Bern nicht vergessen, da jubelt man schon in Wien, denn ihre Geschwindigkeit ist wunderbar und gewaltig. – In früheren Zeiten spielte die Musik oft wochenlang eine Rolle, heute ist sie auf einen schönen Moment zusammengedrängt. Rasch saust sie rund um die Welt, die aufhorcht und wieder in Ruhe versinkt. Schon lange bricht kein Erstaunen mehr aus, wenn Böttge auftaucht und schallend vorbeitreibt, es ist ohnehin nichts mehr zu hören.

Einem Mann, der im Alter von zwanzig Jahren aus Abenteuerlust von Wien in die Welt aufgebrochen war, kam in der Nähe von Staatz ein Gedanke, den er aufschreiben wollte. Er griff in die Tasche und stellte mit Schrecken fest, daß er keinen Stift bei sich trug. Entgegen seinen sonstigen Gepflogenheiten wandte er sich an seinen Nachbarn mit der Bitte, ihm mit dem vermißten Gegenstand auszuhelfen, da der Gedanke, den er notieren wolle, für den Fortgang der Handlung von außergewöhnlicher Wichtigkeit sei. Der Nachbar jedoch, ein Mann, der das Kartenspielen und Hasenschießen schätzte, wies mit Bedauern darauf hin, daß auch er keinen Stift bei sich trug, ebenso wie die anderen Männer im Abteil des Eisenbahnwagens, in dem der Mann saß und in die Welt hineinfuhr, um in der Fremde sein Glück zu machen. Jeder der Männer tadelte seine Vergeßlichkeit; man erklärte es schlechtweg für ein Verbrechen, ohne Bleistift zu reisen, wo einem schließlich in jedem Moment etwas einfallen könne, wodurch man sein Vermögen zu verdoppeln imstande wäre; und um das aufzuschreiben, müsse man stets Gelegenheit haben, da auf das Gedächtnis ohnehin kein Verlaß sei, auch nicht auf den Fortgang der Handlung, die hier, infolge eines fehlenden Bleistifts und aufgrund einer ausbrechenden Verwirrung, abbricht.

Es dürfte durchaus nicht unmöglich sein, sich vorzustellen, daß ein Mann, dem meine Art, Geschichten zu erzählen, nicht zusagt, in die Stube tretend ausruft: Meine Herren, es muß doch eine andere Möglichkeit geben, eine Geschichte von einem Mann zu erzählen. Ob es in früheren Jahren auch so war, wissen wir nicht, wir wollen es, weil es zwecklos ist, auch gar nicht wissen. Wir wissen aber ganz gut, daß es jetzt so ist. Darum ist es wahrscheinlich das Wichtigste, unser Interesse auf den folgenden Fall zu richten, zumal es Leute gibt, die der Meinung sind, das sei etwas ganz Gewöhnliches und Alltägliches.

Um ein Beispiel anzuführen, will ich einen Mann erwähnen, der vor ungefähr zwanzig Jahren in Berlin eine gewisse traurige Berühmtheit erlangte. Dieser Mann, seinen Namen will ich verschweigen, hatte bessere Tage gesehen und eine höhere Bildung genossen, war aber schließlich bis auf die tiefste Stufe menschlicher Verkommenheit hinabgesunken. Welches Ende er später genommen hat, ist mir nicht bekannt. Aber es ist ja auch nur ein Beispiel.

Ein Mann setzte sich eines Abends in die Eisenbahn, um in eine Gegend zu fahren, in der er sein Glück machen wollte. Er aß unterwegs nichts, rauchte aber sehr stark. Am Morgen bemerkte er plötzlich, daß ihn beim Anblick von Bergspitzen und leicht gebogenen Brükken ein Unbehagen beschlich. Er wurde von dem Gedanken geplagt, sich vorübergehend in Abgründe stürzen zu müssen; ein schwindelartiger Zustand überkam ihn. Er warf erst das Taschentuch und einen ihm anvertrauten Brief aus dem Fenster und später auch seine Gepäckstücke. Als er dann im Begriff war, sich selber hinauszuschwingen, wovon ihn die Mitreisenden allerdings abhalten konnten, gab er die Reise und das Glück und die Gegend auf, in der er es machen wollte.

Ein Mann, den wir sogleich als den jungen Goethe erkennen, sprang, Klopstocks Oden vor sich herrufend, an einem heiteren Frostmorgen aus dem Bett und schwebte auf dem Eise dahin. Der Vollmond trat aus den Wolken, und noch immer sah man die Bogenwendungen des tanzenden Dichters, das weiche Schwingen, die Würde des Gleitens. Wir überlassen uns damit, ruft man uns zu, spielend der Täuschung, als eile die Landschaft davon unter unseren Füßen und über uns schäume die Welt. Natürlich sind das nicht Goethes Worte, sondern die Worte Schröders; sie entstammen der Vorstellungskraft des betreffenden Mannes, der es für klug hält, von nun an zu schweigen.

Ein Mann, es gibt mehrere Männer hier, Hunderte, Tausende, wenn nicht noch mehr, aber dieser eine Mann, von dem ich jetzt spreche, dieser eine Mann, der selbst offenbar wenig Freude daran hat, daß ich ihn erwähne, hatte in seinem Gesicht etwas Bedrücktes, Herumgestoßenes, etwas Ungeliebtes. Er hantierte mit einer gewissen Zartheit an Retorten und Röhren, ergriff sie und hielt sie mit großer Sanftmut gegen das Licht, sein Gesicht hatte nun einen wartenden Ausdruck, einen Ausdruck feierlichster Geduld und Bescheidenheit. Seine Worte, die ich hier mit meinen Worten wiedergebe, seine Worte waren wie abgebissen; sie fielen einzeln heraus aus dem Mund und dabei fielen sie ganz zerquetscht, ganz zerknackt heraus, haarlos, ganz naß. Man sah jetzt sein finster leuchtendes Gesicht, das auf die Wirkung der Worte zu warten schien. Er war freilich damals schon taub und hatte längst die Erinnerung an die große Gewalt der Töne verloren; es dauerte eine Weile, bis man verstand, was er sagte, und es wird eine Weile dauern, bis man versteht, was ich meine.

Mir liegt wenig daran, die Geschichte, die ich jetzt erzählen werde, zu erzählen. Ich könnte, ebensogut wie Sie, auf diese Geschichte verzichten. Ich könnte auf alle Geschichten verzichten, obwohl ich gelegentlich gern ein paar Mitteilungen mache; nur fürchte ich, daß Ihnen diese Mitteilungen längst bekannt sind, weil ich sie schon an anderen Stellen gemacht habe. Ich bin also der Meinung, daß es ganz überflüssig ist, weiterzureden. Weil aber das Überflüssige zuweilen etwas Reizendes hat, sollen Sie wenigstens den Schluß der Geschichte hören, den letzten Satz, der etwa folgendermaßen aussehen würde: Der Mann erhob sich und war froh darüber, daß alles gut ausgegangen war. – Ich weiß, wie angenehm dieser Satz, so für sich gesprochen, klingt; deshalb überlasse ich Sie jetzt diesem hübschen Gefühl und entferne mich. Sie werden mein Entfernen gar nicht bemerken.

Ein Mann schwang sich hinaus, man sah ihn über die Brüstung springen und über den Hof laufen, ein finsterer Mann mit verschlungenen Armen und schlechten Erfahrungen. Bei guter Sicht erkannte man auch den Wald. So verging, glaube ich, dieser Winter, und darum wollen wir eine kleine Pause machen und Atem schöpfen.

Ein Mann zog die Aufmerksamkeit der Welt auf sich, indem er mehrmals hintereinander einen Revolver abschoß und danach im Nebel verschwand. Im Wohnzimmer warf ein anderer Mann seinen Hut auf den Tisch und verschwand ebenfalls. Noch am gleichen Tag wurde ein dritter Mann im Süden von Sems auf dem Fahrrad vom Schneesturm erfaßt und verschwand. Etwas anders war es in Tampa, wo seit Jahren kein Schnee mehr gefallen ist; dort verschwand eines Abends ein Mann in einer Zigarrenfabrik, im Rauch der Zigarren. Kurz zuvor war in Bonn zu einer Spazierfahrt ein Mann in den Bus gestiegen, er fuhr nach Bordeaux und verschwand. Ein weiterer Mann verschwand in dem Augenblick, als er sich nach Amerika einschiffen wollte. Ein siebenter Mann, ein achter, ein neunter Mann, alle verschwanden. Ein zehnter Mann schließlich, ein guter Beobachter der Verhältnisse in den Bergen, verschwand in der dünnen Luft des Karwendelgebirges. Ein elfter Mann war schon verschwunden, bevor man die Einzelheiten erfuhr; es war ein ganz unbedeutender Mann, der kaum Anlaß zum Nachdenken bot. Der Tag war vergangen, und viele Männer waren verschwunden, darunter auch ein Bankier, der im Luxus lebte; in einem weichen wehenden Mantel sah man ihn um die Ecke biegen. Am

Ende war alles verschwunden, die Nacht und der Tag, der Hut und der Tisch, der Wind und der Regen vor diesem Fenster, die Worte in meinem Mund und natürlich auch diese Geschichte, die gewiß zu den ungefährlichsten Geschichten gehört, die ich jemals erzählt habe.

Auf und davon
Eine längere Reise

Bix Beiderbecke gewidmet

1

Eigentlich wollte ich mit der Beschreibung eines Gewitters beginnen, doch es gab kein Gewitter, das Gewitter war fortgezogen, an eine ganz andere Stelle, ich konnte es nicht beschreiben. Wieder war das Ende des Sommers gekommen, oder das Ende des Winters. Passiert war nicht viel, im Gegenteil, es war ziemlich wenig passiert. Ich bin in ein Gasthaus gegangen und habe mich hingesetzt, aber kaum hat der Kellner das Gulasch gebracht, schon fällt mir seine Ähnlichkeit mit Capone auf, und weil er sofort das Lokal verläßt, bin ich ganz sicher, daß es Capone ist. Ich lasse das Gulasch stehen und folge ihm rasch. Er läuft mit großer Geschwindigkeit schwarz hutlos über das Brauereigelände, von dort ohne Zwischenfall durch die Malzfabrik, Koksfabrik, Keksfabrik und über die Eisenbahnbrücke, über das Röcheln der Lokomotiven hinweg. Es würde zu weit führen, über die Einzelheiten zu sprechen, zum Beispiel über das Aufsetzen seiner Füße beim Laufen; theoretisch ist es zwar richtig, daß das Aufsetzen der ganzen

Sohle die Sicherheit beim Dahinlaufen unterstützt; Al Capone jedoch geht es mehr um Geschwindigkeit als um Sicherheit, er springt durch die Bahnhofshalle, zusammen mit allen ernst aus der Fremde ankommenden Reisenden wird er hinausgetrieben ins Freie, von dort schlägt er ohne zu zögern den Weg in die Richtung der Gasanstalt ein, er springt durch das Schlachthofgelände, das Blut ist verschwunden und abgespritzt von den Kacheln, und weil Al Capones Singen bekannt ist, hört man ihn singen. Es gibt viele Gründe, hier aufzuhören. Capone, der etwas zu fett ist für diesen Fall, bleibt plötzlich stecken. Das Folgende kann man sich sparen. Capone sagt, als er das Bier bringt, er sei nicht Capone. Das macht nichts. Das finde ich ganz natürlich. Ich trinke es aus und bin schon in einer anderen Gegend.

2

Später zog ich mich eine Weile zurück, um über den Vorfall nachzudenken. Damals saß ich auf einem kleinen schwenkbaren Stuhl und war mit der Niederschrift alter Erfahrungen beschäftigt; als ich alles notiert hatte, begann ich, mit Hilfe einer mechanischen Vorrichtung, die ich hier nicht beschreiben will, einen Apparat in Bewegung zu setzen, und zwar so, daß er anfing sich langsam zu drehen, das war mein Gedanke: das Drehen. Ich hatte also ein Drehwerk erfunden, aber nicht nur ein Drehwerk, auch ein Erheiterungswerk und Zerstreuungswerk. Zwischendurch fand ich Zeit, auf die Berge zu steigen, auf dem Kniebis schoß man aus zwei Revolvern zugleich auf mich, ohne zu treffen, auf dem Schreckhorn nahm ich an einer Tafelgesellschaft teil, zu der auch Capone gehörte, mit seinem bekannten Hut. Es gab Froschkeulen und Schnepfenbrüste, die Champagnerflaschen wurden mit den Hälsen nach unten geöffnet, bis plötzlich ein Sturm aufkam und die Klappstühle, Picknickkörbe, Bestecke und Gläser davonblies, zusammen mit Austernragout und Trüffelmus. Ich aber hüllte mich einfach in meinen Wettermantel, rutschte über die Gletscher hinab in die Tiefe und verschwand eine Zeit aus der Gegend. Ich nahm meine Reisemütze und ging hinaus in den Schnee. Wohin gehen Sie denn? fragte man. Doch ich sagte nicht viel und ging fort. Um mich herum fiel der Schnee auf den Boden, ich sah den Wald und die Felsen hinter dem Wald, ich sprang über Löcher, mit dunklem Wasser gefüllt, und verschwand in der Ferne, man sah mich nicht mehr. Als ich wieder erschien, war es Sommer geworden. Ich hatte auf meiner Reise verdorrte Knollen gesehen an abgestorbenen Bäumen auf einem ganz trokkenen aufgerissenen Boden, und Haare krochen in dieser Gegend, von der ich spreche, von unten herauf und umwickelten alles, was nicht davonlief, es war eine bärtige Welt, der Wind war nicht stark, er blies nicht, es gab überhaupt keinen Wind, und in dieser Windlosigkeit schlichen die Mörderschlingerbäume sich sanft heran an die Palmen, umschlangen sie saugend und tranken sie aus. Ich reiste umher, durch ein vollständig unbewohntes Land, und der Mann, der dort plötzlich erschien, direkt aus der Dunkelheit herausgeschnitten, war Al Capone, mit seinem gestreiften Anzug. Wie gehts? rief Capone, ich fand, er sah bleich aus, ganz blaß oder wie man das nennt. Vielleicht sagt er etwas, er öffnet den Mund, zu hören war gar nichts beim Brausen des Meeres. Und als ich weiter hineinging in dieses Land, sah ich die dunklen Körper von Tieren, breitgedrückt auf dem Boden und ausgelaufen, nein, ich sah nur die nassen blutigen Flecke, die Abdrücke auf der Erde, denn alles war fortgefressen von anderen Tieren, die triefend ins Dickicht krochen. Ich hörte ein nächtliches Schmatzen, während ich ging, nach Westen, um dort mein Glück zu machen.

3

Natürlich konnte ich draußen die Schornsteine sehen und das grau überstaubte Zementwerk, regungslos fensterlos, als ich mein Gulasch aß. Und als sich der Nebel verzog, sah ich etwas wie einen offenen Hof, ich sah einen Mann mit einem fliegenden Mantel, und eine Frau begann sich nach hinten zu beugen, mit flatternden Haaren und einem seidig nach oben wehenden Rock. Capone fand nichts dabei, das sei ganz alltäglich, das sei eben so. Er brachte mir noch das Kompott und stand dann, die Arme verschränkt, am Büfett.
Plötzlich tauchten drei Männer auf, die den Hut aufbehielten; ich erkannte sofort Jim Colosimo, er hatte wie immer John Torrio dabei, der wiederum Frankie Yale mitbrachte. Und immer mehr Männer erschienen mit tief in den Taschen vergrabenen Händen; das waren Bugs Moran und Hymie Weiss, Schemer Drucci nicht zu vergessen und natürlich Dutch Schultz, und schließlich kam noch Frank Lake aus dem Westen, der eine alte Rechnung hatte mit Al Capone.
Ab und zu schloß und spreizte Capone die Hände, und noch heute verblüfft mich die Kaltblütigkeit, mit der er in seine Brusttasche griff, die Lautlosigkeit, mit der er etwas herauszog, das aussah wie ein Zigarrenetui, und die

Selbstverständlichkeit, mit der es Capone für ein Zigarrenetui hielt und mit großer Geschicklichkeit aufklappte. Mich erstaunte die Fähigkeit, mit der er, als sei nichts dabei, eine Zigarre herausnahm und sie auf ihre Verwendbarkeit hin untersuchte, auf ihre Brauchbarkeit oder Rauchbarkeit. Mich verwirrte die Zärtlichkeit, mit der er sie ansah, und die Gründlichkeit, mit der er die Festigkeit prüfte. Mich erschreckte die Grausamkeit, mit der er ein Stück von ihr abbiß, nur eine Kleinigkeit, und die Fertigkeit, mit der er sie ansteckte, und sie, ohne Ängstlichkeit, in den Mund schob, als wäre das eine Leichtigkeit. Mich entzückte die Furchtlosigkeit, mit der er den Rauch herausblies, und die Planmäßigkeit, mit der er das tat, ich begriff auch die Heftigkeit, mit der er die Asche abklopfte, die Nützlichkeit und die Feierlichkeit dieses Klopfens. Mich verführte die Wortlosigkeit, mit der das geschah, und die Sprachlosigkeit, denn alles geschah ohne Worte; über die Flüchtigkeit des Dampfes zum Beispiel, über Verträglichkeit oder Vergänglichkeit der Zigarre wurde kein Wort gesprochen. Und in dieser gefährlichen Schweigsamkeit enttäuschte mich nur die Geschwindigkeit, mit der die Zigarre verschwand, diese Unvermeidlichkeit des Verschwindens, die Vergänglichkeit der Zigarre im allgemeinen, und die Ratlosigkeit in Capones Gesicht beim Ausdrücken, die Vergeblichkeit, diese Zwecklosigkeit, die Entsetzlichkeit dieses Ausdrükkens, diese gänzliche Nutzlosigkeit beim Zertreten am Boden und diese Endgültigkeit, mit der Capone die Hände spreizte und schloß, Capone, ein Mann, der sich nicht überraschen läßt, auch nicht von der Ereignislosigkeit dieses Abschnitts.

Was mir auffiel an diesem Tag, war die Bleichheit der Männer, die an der Theke standen, mit ihren angewachsenen Hüten. Ich sah Bugs Morans Zerstreutheit, Lombardos Verlegenheit, Cosmanos Befangenheit und Frankie Yales Stummheit; ich sah die Erschrockenheit von Colosimo, Drucci und Schultz, in dieser schreilosen schußlosen Ruhe. Und als jetzt O'Banion erschien aus dem Norden, und Spike O'Donell direkt aus dem Süden, da hielt es Frank Lake nicht mehr aus; er packte den Ventilator, er rupfte ihn einfach vom Tisch und kühlte sich seinen Hals, bei hundert Grad Fahrenheit. Sein Kragen war naß, alles troff, und es war nichts zu hören, kein Schuß und kein Schrei, nur das Picken der Gabeln, das Tropfen des Bierhahns, mehr nicht, nur das Spülen der Gläser in dieser Verlorenheit. Und zu sehen war auch nicht sehr viel; plötzlich rissen sie alle die Hände heraus aus den Ta-

schen und bedeckten damit die Vergangenheit.
Was nun kommt, ist schwer zu entscheiden. Eigentlich wollte ich ein Gewitter beschreiben, aber ich weiß nicht genug von Gewittern, ich weiß überhaupt nichts Genaues, ich verlasse mich ganz auf das, was ich höre, und weil ich nichts höre, verlasse ich mich auf nichts.
Der Regen floß jetzt von oben herab, als ich aus dieser Szene verschwand. Ich kam durch ein dürres waldloses Land und fand trockene Häute, faltig zusammengeschrumpft, und während ich so dahinging, zerfielen sie unter den Schuhen, nein, es war gar nicht so, denn als ich die Häute ins Wasser warf, schwollen sie an, sie saugten sich voll und wurden ganz fett und ganz glatt, die Augen öffneten sich und glotzten mich an, und bevor ich verschwunden war, sah ich sie aufeinanderhocken und zappeln und zappeln, sie zappelten wirklich, und als ich zurückkam, zappelten sie noch immer. Die Berge spießten heraus aus der Ferne. Was sehen Sie? fragte Capone. Sehen Sie was? Nein nein, ich sah nichts, nur eine polarähnliche Starrheit, knarrend. Ich sah den Schnee hart herabfallen, vielleicht sollte ich auch das Knistern am Himmel erwähnen, und etwas splitterte gläsern herab aus der Luft; so ist das im Norden. Am Abend war ich in meinen Schlaf-

sack gekrochen, und in der Nacht hat der Wind das Wasser über das Ufer geblasen. Als ich erwachte, konnte ich nichts mehr bewegen; ich versuchte, die Arme zu heben, es ging nicht, ich lag in einer gefrorenen Welt und jede Bewegung war ausgeschlossen. Doch später packte mich wieder die Reiselust, ich verschwand und schon war ich nicht mehr zu sehen. Ich machte mir die gepolsterten Vorteile der Eisenbahn zunutze und fuhr ohne Worte davon.

Der Mann in meinem Abteil ließ eine Zigarre im Mund herumwandern und deutete auf die vorüberziehende Landschaft. Frühere Reisende, sagte Capone, haben ganz unvorstellbar gelogen, bemerken Sie das? Und alles, was wir da sehen, sind die Ergebnisse ihrer Landschaftsverleumdungen, die Folgen ihrer entsetzlichen Weltverfälschungen und ihrer botanischen Falschberichte. Es mag vielleicht schwer sein, sich an die Wahrheit zu halten, zumal sie hier nicht zu erkennen ist; das, was Sie sehen, das ist nicht die Wahrheit; Sie glauben, Sie sehen die Wüste; das ist eine landläufig hübsche, aber völlig verdorbene Meinung: die Wüste die Wüste. Man hat zwar die Vorstellung von einer Wüste, das schon, doch ist die Bezeichnung Wüste hier nicht nur falsch, sie ist schlechthin unglaublich, eine

riesige Wortverwirrung, ein gewaltiger Mißbrauch der Sprache. Das ist keine Wüste, mein Herr, das ist allenfalls ein ganz pflanzenloses Gebiet von enormer Ausdehnung, und vorwiegend Sand, und sonst nichts.
Die Wälder versanken langsam, der Zug fuhr die ganze Nacht schaukelnd, wohin er fuhr, wußte ich nicht. Der Regen fiel plötzlich da, wo er gar nicht gebraucht wird, oder plötzlich fiel Schnee, und plötzlich fiel gar nichts, und dann fiel alles auf einmal. Wir flogen durch kleine Bahnhöfe. Einmal sah ich einen sehr dicken Menschen mit einem Revolver, hutlos, im Mittelpunkt einer Handlung. Und als die Erscheinung vorbei war, hatte ich eigentlich gar nichts gesehen, nur diesen Mann. Die Nacht verging schnell, schon sah ich im nächsten Bahnhof zwei Männer, und immer mehr Männer an allen Bahnhöfen, drei, vier, fünf Männer. Gelegentlich hörte ich Schüsse, ich zog meine Schultern hoch, um zu zeigen, wie gleichgültig mir das war. Eines Tages packte ich meinen Hut und verschwand im Gewühl. Capone folgte mir eine Weile, doch wir hatten uns nichts mehr zu sagen. Die Menschen, die mir entgegenkamen, bliesen Rauch in die Luft und erkannten mich nicht. Ich ging durch das Schlachthofgelände, der Nebel begann leicht zu sinken, ein Gewitter blieb aus, ein Gewitter

kam gar nicht in Frage. Mein kleiner Rundgang war schon zu Ende, und abgesehen von diesen Kleinigkeiten war nichts passiert.

4

Eine Weile saß ich zu Hause, um über die Sache nachzudenken. Ich schrieb alles auf, was mir einfiel, und beschleunigte die Fortschritte der Naturwissenschaft und der Technik, die unserem Zeitalter seine besondere Eigenart verleihen. Ich entdeckte die Teilbarkeit und andere schöne Dinge. Meine Hände leisteten Außerordentliches, mein Verstand machte die gewaltigsten Sprünge, die Geschwindigkeit meiner Füße war unübertroffen, von meinen Fäusten will ich gar nicht erst reden: ich hatte Jack Dempsey zerbrochen und Tunney förmlich in Stücke geschlagen. Damals war ich auch hochmusikalisch. Alles flog mir geradezu zu; zum Beispiel erfand ich etwas, das nach Belieben geöffnet und wieder geschlossen wurde und mit größter Wahrscheinlichkeit ein Gerät war, mit einem Schraubengewinde zum Drehen, das ist nur ein Beispiel. Und weil ich den leeren Raum nicht ertrug, erfand ich einige Dinge, um diesen Raum auszufüllen, spielend, mit größter Leichtigkeit. Ich vergesse auch nicht die Luft, die ich durch etwas hindurchblies, wodurch ein sehr schöner Ton entstand, eine

Folge von schönen Tönen, die man Trompetenspiel nannte. Und das langsame Drücken und Streichen war eine Entdeckung von mir, das langsame Drücken und Streichen und natürlich das dadurch erzeugte Keuchen und Stöhnen. Doch die Hauptsache kommt noch: ich drehte die Hähne auf und zog alle Zapfen heraus, es floß und es rauschte um mich herum, heraus aus der Wand, ein herrliches Schauspiel; ich brachte alles zum Schwimmen in dieser Zeit, in der ich das Schwungrad erfand und das gleitende Glas, und den Schnee vor dem Fenster, und alle Flüsse und Seen in meiner Umgebung bedeckten sich plötzlich mit Eis, auf all diese schwarzen Flächen fiel Schnee, und zwar ein von mir erzeugter, durch meine Erfindung erzeugter Schnee. Das war mein gewöhnliches Leben, ich rede nicht gerne davon, ich betrachtete dieses Spiel meiner Erfindungslust, die anscheinend unbegrenzt war, wie man sagt, grenzenlos, zügellos, folgenlos, ich blies meinen Atem gegen das Fenster und schaute hinaus, und einen Moment lang war ich zufrieden mit allem. Ich hatte inzwischen so großes Aufsehen erregt, daß einige Fremde sich dazu entschlossen, mir ihre Freundschaft anzubieten; ich jedoch winkte ab, und nachdem ich mich mit der Entdeckung der Kälte beschäftigt hatte, ging ich zu angenehmeren Daseinsbedingungen über, schon um zu sehen, was eine Erhöhung der Temperaturen für Folgen hat. Zunächst einmal konnte ich feste in flüssige Körper verwandeln, ein Vorgang, den ich als Schmelzen bezeichnet habe, als Schmelzen. Und nebenbei, ganz am Rande, entwickelte ich eine Vorrichtung zum Schießen, einen Revolver mit einer Lampe: durch einen Druck auf den Drücker leuchtete eine Lampe auf, so daß man beim Lampenschein zielen konnte, und später genoß man den Schutz der Dunkelheit. Zum Schluß, als mir nicht mehr viel einfiel, erfand ich noch einen Spazierstock und ging, ohne zu wissen wohin. Ich ging westwärts, die Straße hinab, durch die Regenwände hindurch, und kam in ein grünes prächtiges Land, wo ich zu singen begann; im Augenblick war mein Singen berühmt, und mein Name von nun an mit der Geschichte des Grammophons verbunden. Ich schleuderte meinen Spazierstock hoch in die Luft; wer hätte noch niemals auf einem Spaziergang das gleiche getan, doch die meisten denken sich nichts dabei, sie freuen sich allenfalls, wenn es ihnen gelingt, diesen Stock wieder aufzufangen. Bei mir war das anders, mir lag die Beobachtungsgabe im Blut, ich betrachtete alle Erscheinungen und dachte über die Ursachen nach. Warum fliegt dieser Stock nicht von selbst in die Luft? warum fliegt er nicht fort und davon? in die Wolken hinein? Mit diesen Gedanken ging ich dahin, bis ich an einen Punkt kam, wo es nicht weiterging, also kehrte ich um und verschwand aus der Gegend, man hörte sehr lange nichts mehr von mir.

5

Bei dieser Gelegenheit übersprang ich das nächste. Ich überspringe fast alles. Ich hatte Gulasch gegessen, Capone war plötzlich hinausgegangen aus diesem Lokal, durch das Schlachthofgelände, und später am Bahnhof vorbei, durch die Schnapsfabrik undsofort Koksfabrik Keksfabrik, das war am Anfang dieser Geschichte.
Am nächsten Tag geschah nichts. Zwei Tage vergingen und nichts geschah. Es vergingen drei Tage. Am vierten Tag sagte ich: wenn jetzt nichts geschieht, geschieht gar nichts mehr. Ich hatte ganz recht; in der folgenden Woche war nichts. Auf der Straße blieben die Leute stehen und sagten: Nein, es geschieht nichts. So war das.
Ein paar Jahre später kam Al Capone herein. Ich komme nur, sagte Capone, um abzusagen. In Wirklichkeit komme ich nicht; ich komme nur, um Ihnen zu sagen, daß ich nicht komme.

Ich sah einen Gegenstand, doch der Gegenstand war so klein, daß ich diesen Satz schnell beende. Dann bemerkte ich etwas in meiner Hand; es war, fand ich, ganz genau das, was ich brauchte. Ich klopfte darauf, das ist gut, sagte ich. Und was ist es? Ich weiß nicht, ich hab keine Ahnung.

Abwechselnd Sonne und Wolken. Draußen sprangen die Leute in einem ganz plötzlichen Regenrauschen vorbei, mit geblähten Schirmen, zwischen Wassertürmen und Lagerhallen hindurch.

Dann hörte ich Stimmen, man sprach, und jemand rief schließlich: hier wird ja geschossen; es wurde tatsächlich geschossen, die Einzelheiten sind mir entfallen. Im allgemeinen blieb ich ganz ruhig. Ich sagte nicht viel, ich sah, wie Bugs Moran hereinkam, und hielt ihm ein Instrument entgegen, das man für einen Revolver halten konnte, aber er hielt es für keinen Revolver. Schon hatte ich eine Antwort auf meine Frage. Auf welche Frage? Ich habe die Frage vergessen. Ich drehte Bugs Moran herum und sah nur das Loch in der Stirn.

Die Schüsse schienen von draußen zu kommen. Ich hatte gerade ein Glas in der Hand und dachte: vielleicht ist es besser, wenn ich jetzt gehe; ich blieb noch ein bißchen, und jemand sagte: ich glaube, wir sind in Chicago, aber danach fragte jetzt keiner; und wieder kam jemand ins Zimmer, ich weiß nicht, Dutch Schultz oder Tony Lombardo; eigentlich wollte ich ein Gewitter beschreiben, doch das war kein Gewitter, das war etwas andres, nur kein Gewitter; es krachte, und jemand drehte sich um und fiel wortlos auf sein Gesicht. Das war Tony Lombardo.

Es ist besser, wenn ich jetzt gehe. Alle rissen die Fenster auf, und der Wind trieb die Regenschwaden herein, dann war alles voll Rauch, man sah wirklich nicht viel, und Cosmano schoß mitten hinein in die Nacht; irgendwo floß auch Blut heraus, und ich wußte nicht, wo es herausfloß, und Cosmano schoß in die Richtung, in der es schrie, und er schoß so lange, bis dieses Schreien aufhörte. Neben Cosmano lag weich wie ausgelaufen O'Banion; in einem Mauerloch sah ich den Körper Frank Lakes aus dem Westen stecken, schreiend preßte Dutch Schultz die Hände vor sein Gesicht, eine Kugel durchschlug seine Hände, Schemer Drucci legte sich hin und blieb liegen, ich sah, wie O'Donells Jackettstoff wegspritzte, und jetzt sank Colosimo um. Ich verschwinde hier lieber. Ich denke, ich gehe jetzt undsoweiter, ich werde jetzt gehen; ich ging bis zur Treppe, die zum Billardsaal führt; ich dachte, ich gehe jetzt weg, die Kugeln klatschten ganz sanft in die

Wand, auch Cosmano bekam einen Schuß und beschloß, die Stadt zu verlassen.

Soviel vom Schießen.

Die Chryslers und Buicks in der Milton Street fingen jetzt an zu zerspritzen, die Packards und Chevrolets platzten, nur in Capones gepanzertem Cadillac war es ganz still. In der Dunkelheit war nur das Glühen seiner Zigarre zu sehen. Dann sah man im Fond Al Capone hinter den kugelsicheren Scheiben mit seinem Hut spielen; er drückte die Krempe nach oben: das war Al Capone, träumerisch mit der Zigarre im Mund.
Ich hatte mit allen nichts mehr zu schaffen, mit Moran und Drucci, Cosmano, Lombardo, mit Dion O'Banion und Lake aus dem Westen. Ich begann mir Gedanken zu machen über den Bau eines Luftschiffs. Dann wischte ich alles ab, alles, was ich im Umkreis sah, wischte ich ab; ich zog meine Handschuhe an und kontrollierte den Sitz meines Mantels, vor allem jedoch meines Hutes, oder nur meines Hutes, denn einen Mantel trug ich zu dieser Zeit nicht. Und eines Tages begann ich zu fliegen. Ich brachte das Luftschiff zum Steigen und schwebte davon. Die Luft war ganz weich, ich war schon verschwunden.

6

Ich bemerkte, wie sich das Luftschiff rasch bis in eine beträchtliche Höhe hob. Natürlich waren schon andere Leute vor mir rasch in die Luft gestiegen, aber ich schwebte sanfter und leichter hinauf als alle vorher. Ich erregte ein solches Aufsehen, daß die ganze Umgebung in Beifall ausbrach. Ich schwang mich über das Schwenken der Hüte empor; Hans Albers winkte mir zu. Mein Junge, sagte Hans Albers, wir dürfen uns beide nichts vormachen. Schon schob ich mich lautlos hinein in die Ferne. Im Juli, leicht schaukelnd, erreichte ich North Carolina. Ich sah, wie der Mond aufging, und flog ein Stück mit dem Mond, während die Erde sich drehte, und zwar in entgegengesetzter Richtung.

Zwei Stunden später lag unter mir die Stadt Albany. Beim Himmel, ich hatte es gar nicht so eilig. Cleveland war überflogen; Franklin wurde in Staub gehüllt und zurückgelassen. Und als der Abend erschien, kamen die Spitzen Chicagos in Sicht. Ich fuhr kratzend zwischen die Häuser hinein, dicht an den Fenstern vorbei. Die Überraschung war gar nicht so groß, man hatte mich schon erwartet; man war erfreut über dieses Vorüberschweben. Manchmal schüttelten wir uns die Hände und wechselten einige Worte. Capones Leute mit Hüten

und Händen in ihren Taschen standen am Rande der Oak Street, ganz unten.
Bald war ich unter dem Namen DER HERR DER LÜFTE bekannt und genoß die Achtung der breitesten Kreise. Die Kunst, mich bequem in die Luft zu erheben und mich ganz gelassen darin zu bewegen, entwickelte ich bis zur höchsten Vollkommenheit.
Im September erreichte ich eine leuchtende Strandpromenade. Jetzt begann ich zu sinken, der Schwung war so schön, daß ich faltenlos raschelnd dahinwischte über den Sand, eine Treppe hinab, an den Sonnenschirmen vorbei. Die hier im Luxus lebende Welt sprang plötzlich aus ihrer Ruhe heraus und warf die Arme weit in die Luft, während ich wortlos dahinglitt, um schnell an die dampfenden Reste eines soeben verlassenen Frühstücks zu kommen, das auf einer Japanlackplatte nach Picknickart aufgestellt war.
Als ich mich wieder erhob, war es Nacht. Im November war ich zufrieden mit dieser Luft, sie war weich und geschwollen und ausgepolstert, wie diese Gondel, in der ich hing, im Nanking-Anzug; nein, ich beklagte mich nicht, sanft schaukelnd zigarrenhaft glitt ich dahin und überließ mich der Freude, ich gab mich der Lust hin und dem Genuß, sorgenlos, zügellos, ich stürzte mich in die Strudel des Luftvergnü-

gens, ich fuhr durch die Luftnatur, meine Neugier war groß, meine Auffassungsgabe gar nicht so übel, mein Forscherblut pochte. In einem einzigen schmerzlosen Rutsch umflog ich die Welt, lautlos reifenlos und propellerlos, ich durchfuhr die Zärtlichkeit dieser Luft, flüsternd, gedämpft, der Regen war unerheblich, ich schwamm über lampenglühende Städte und über ein schönes Rübenland, ich floß leicht dahin durch den Norden, der Wind, er fraß an der Küste. Ein Gewitter war nicht in Sicht, in der Abendkühle knallten die Korken. Von Zeit zu Zeit rief ich hinunter. Ich flog über haarige Hügelrücken, über Teichaugen und Meerbusen und ausgebreitete Flußarme und weit in das schäumende Meer hineinleckende Landzungen, tief in das Meer hinein, und das Meer, es bäumte sich auf und keuchte und schrie. Und als ich mich umsah in dieser Gondel, sah ich zwei Damen, die sich seidig vom Sofa erhoben und ihre Haken lösten. Ich dachte nicht an Capone, obwohl er mir Feuer für meine Zigarre gab und meine Gamaschen aufknöpfte; er nannte sich jetzt Al Brown, doch das will nicht viel heißen. Rasch wurde die Welt umflogen, November Dezember, ich strich so dahin, der Himmel ganz still, und unter mir flogen die Hüte hinab, ein Hutschwarm, bedächtig, in einer riesigen Ruhe.

Dann sah ich zwei Damen, die sich seidig vom Sofa erhoben und ihre Haken lösten und knisternd die Strümpfe abstreiften. Ich schwamm über alles hinweg, über die größte Tiefe des Meeres und über die tiefste Einsenkung der zutage liegenden Erdoberfläche. Die Begegnung mit einem Ballon von birnenförmiger Gestalt Ende März verblüffte mich nicht. Im Juni sah ich zwei Damen sich seidig vom Sofa erheben und ihre Haken lösen und knisternd die Strümpfe abstreifen, raschelnd, die schwarzen Strümpfe natürlich, alles legten sie fort, um sich mir an den Hals zu werfen. Und als ich hinabsah, verschwand dieses Land, es drehte sich gurgelnd hinein in ein Loch. Und mein Luftschiff schwebt wie ein schöner Kuchen darüber hinweg. Ich verschleuderte meine Zukunft in einem Moment, meinen Ruf, meinen Ruhm, alles warf ich hinab. Und mein Schiff, einem großen Tropfen vergleichbar, floß am Himmel entlang, ohne hinunterzutropfen.

Gute Ges

Alexandra Vogel

Frau. Sein - Sommer

story.one - Life is a story

schreib's auf
story.one

1. Auflage 2022

Herstellung, Gestaltung und Konzeption:
Verlag story.one publishing - www.story.one
Eine Marke der Storylution GmbH

Gesetzt aus Crimson Text und Lato.

Printed in the European Union.

ISBN: 978-3-7108-0081-8

Fabu, es para ti. Nunca te olvido. RIP.

INHALT

Frau. Sein

Frau sein. Was heißt das überhaupt?

Was definiert Frau sein?

Es gibt dicke Frauen und dünne, blinde Frauen, stumme Frauen, Frauen, die für Lohn arbeiten und solche, die in der Carearbeit tätig sind, Women of Colour, arme Frauen, reiche Frauen, lesbische Frauen, trans Frauen, Frauen ohne Gebärmutter, große Frauen, kleine Frauen, cis Frauen, junge Frauen, Frauen mittleren Alters, alte Frauen, Frauen, die in Deutschland aufgewachsen sind, Frauen, die schon länger in Deutschland leben, Frauen, die erst seit kurzem in Deutschland sind, Frauen, die einen Plan vom Leben haben und solche die keinen haben, unabhängige Frauen, Frauen die Mütter sind, single Frauen, Frauen, die mehrere Sprachen sprechen, Frauen in einer monogamen Beziehung und Frauen in offenen Beziehungen, Frauen die Affären bevorzugen und solche, die ihre Jugendliebe heiraten, Frauen, die alleine leben, Frauen in Leitungspositionen, Frauen die in Teilzeit arbeiten, Frauen, die handwerkliche Berufe ausüben, bisexuelle Frauen, Frauen die keine Kinder wollen, Frauen, die ihre Körperhaare rasieren und solche, die es nicht tun, Frauen mit Glatzen, Frauen die auf der Straße leben, behinderte Frauen und Frauen mit Behinderung, asexuelle Frauen, pansexuelle Frauen, Frauen, die in Mehrgenerationenhäusern leben, alleinerziehende Frauen, traumatisierte Frauen, ausgegrenzte Frauen, Frauen, die niemals rosa tragen und solche, die noch niemals ein Kleid anhatten, humorvolle Frauen, Frauen, die mit 30 noch mit Kuscheltieren einschlafen, Frauen, die nicht gerne schwanger aber gerne Mutter sind, Frauen, die unter sogenannten Schönheitsidealen leiden, selbstbewusste Frauen, mutige Frauen, lustige Frauen, finanziell unabhängige Frauen, Frauen die sich selbst lieben und solche, die es nicht tun, Frauen, die von Zwangsverheiratung betroffen sind, gesellige Frauen, Frauen, die ihre Haare bedecken, Frauen die weite Hosen und Shirts tragen, Frauen, die große Reden schwingen, Frauen in transkulturellen Beziehungen, Frauen, die frei menstruieren, Frauen mit großen oder kleinen Brüsten, nur einer Brust oder keiner Brust, Frauen, die furzen und rülpsen, wann es eben so passiert, ...

Die Aufzählung geht endlos weiter.

Frau sein ist so viel mehr als Geschlechtsorgane, Chromosomen und Stereotype. Ist Frau sein ein Gefühl? Wer bestimmt, wer eine Frau ist? Wann ist ein Mensch eine Frau? Wie leben Frauen? Was bewegt sie und was bewegen sie? Es gibt so viele unterschiedliche Frauen, so viele unterschiedliche Frauen Lebenswelten, und dies ist ein Versuch, Geschichten über verschiedene Frauen Lebenswelten zu erzählen. Ein Versuch, Lebenswelten sichtbar zu machen und Aufmerksamkeit zu schenken.

Lasst uns unsere Geschichten erzählen, Lebenswelten sichtbar machen, damit wir uns halten, inspirieren, stärken können, nicht alleine sind, gesehen werden.

Teil haben

Amrit schaut sich zufrieden um. Entspannt schaukelt sie auf der Veranda hin und her. Genauso hatte sie sich das vorgestellt. Beine baumelnd die Ruhe genießen und Lebenserfüllung in sich spüren. Durch die Luft zieht sich ein sanfter Zimtgeruch, mit dem die im Ofen backenden Zimtschnecken schon jetzt große Lust darauf machten verzehrt zu werden. Am liebsten noch leicht warm.

Relativ früh in ihrem Leben war ihr klar, dass sie nicht alleine leben, nicht alleine alt werden wollte. Egal, welche Menschen ihr wie lange nah waren, sie wollte nicht alleine leben. Seit jeher liebte sie die Gesellschaft anderer Menschen, ob jung oder alt - sich auszutauschen, Lebenswelten kennenlernen, den eigenen Horizont erweitern und neue Perspektiven einzunehmen. Wachsen. Amrit liebte es zu wachsen. Und zu lernen. Sie war schon immer ganz wissbegierig, neugierig, liebte es zu lernen. Genauso wie sie eine gute Schülerin war, war sie auch eine gute Lehrerin. Sie war immer beides. Lebenslanges Lernen, das hatte ihr ihre Großmutter immer wieder gesagt:

“Lern dein Leben lang und du wirst einer der reichsten Menschen sein.” Erst gestern saß sie mit ein paar Jugendlichen zusammen und lies sich die neuen Funktionen an ihrem Smartphone und Tablet erklären. Sicherlich schrieben ihr die wenigsten Menschen ihr wahres Alter zu, die gemeinsamen Momente mit jüngeren Menschen, Erwachsene und Kinder, hielten sie jung und lebendig. Vor kurzem beschloss sie, mit ihrem neu erworbenen digitalen Wissen einen Blog zu starten. Mit 72 Jahren. Durch die Texte auf ihrem Blog will sie den jüngeren Generationen etwas zurückgeben von ihren Lebensweisheiten, ihren Erkenntnissen, ihren Fehlern und Lehren.

Wahrscheinlich hatte eine der Ladys ihren Blog entdeckt, ja, so war es wahrscheinlich, und hatte sie gefragt, ob sie als Speakerin immer wieder auf den Veranstaltungen aus ihrem Leben erzählen und die Menschen an ihrem Lebensreichtum teilhaben lassen würde. Teilhabe. Das war eine der wichtigen Dinge bei all den Events, die organisiert und zelebriert wurden. Teilhabe, Solidarität, Gemeinschaft, Unterstützung, Liebe. Wie sehr sie sich über diese Anfrage, die Einladung gefreut hatte. Lange Zeit befürchtete sie, dass sie in ihrer Rentenzeit nicht mehr wirklich viel erleben, kein aktiver Teil der Gesellschaft mehr sein würde. Bei dem Gedanken daran lächelte Amrit und stupste sich mit den Füßen nochmal leicht von der Erde ab. Die Ängste verpufften, sobald sie Teil dieser Hausgemeinschaft des Mehrgenerationenhauses wurde. Wie glücklich sie sich schätzt, Teil eines solchen zu sein. Auch der Zusammenhalt, die generationsübergreifende Sisterhood auf den Events verleihen ihr Flügel und erfüllen sie mit Glück.

Der Duft, der ihr in die Nase strömt, signalisiert: Jetzt aber los, die Zimtschnecken sind perfekt gebacken. Jetzt aber los, Amrit, die Sisters warten. Amrit wickelt das Gebäck in ein großes Bienenwachstuch und schwingt sich damit auf ihren Cityroller.

Falten des Glücks

Zutiefst zufrieden haben sie sich da in ihrer Wohnung eingerichtet. Jedes Mal, wenn sie den Schlüssel in der Türe umdreht, spürt sie diese Wärme in sich hochsteigen, ein wohliges Gefühl macht sich dann breit.

Ihr safe space.

Einen langen, steinigen, schmerzlichen Weg ist sie bis dahin gegangen, zeitweise hat sie sich eher liegend und gekrümmt Millimeter für Millimeter vorwärts gezogen. Es wart hart. Aber sie hat es geschafft. Ein erleichtertes Grinsen bedeckt ihr Gesicht, ihre weichen Gesichtzüge bilden Falten des Glücks. Sie schließt die Türe sanft hinter sich, hängt ihren Schlüssel an das Holzbrett, das Nadija in einem Holzkurs für sie beide zum Einzug hergestellt hatte. Wie viel Liebe darin steckt. 'Genauso viel, wie in allem in unserer Wohnung', denkt sich Solveig und zieht ihre Schuhe und ihre Weste aus. Beim Aufblicken streift ihr Blick den Spiegel, ihre Blicke haften sich aneinander fest. Es vergehen Minuten wie sie einfach da steht und sich anschaut. Dann lässt sie sich auf den Boden sinken, verschränkt ihre Beine, lehnt sich an die Wand an. 'Heute kann ich dich lieben', flüstert sie ihrem Spiegelbild zu, 'danke, dass du so für mich gekämpft hast. Für uns. Du bist mein Team, ich bin dein Team, wir sind ein Team.' In Teamwork war sie nicht immer gut gewesen. Sich auf Andere verlassen konnte sie nicht. Von den Erwachsenen um sich herum konnte sie es nicht lernen und Kinder und Jugendliche waren genauso wie sie noch im Lernprozess. Sie hatte es sich erkämpft, das Vertrauen in andere Menschen, wie sie sich so Vieles erkämpft hatte. Mit der Zeit hatte sie es bei sich selbst bemerkt, wie gut ihr Teamgeist war, wie sehr ihre verschiedenen Teile sich gegenseitig gestützt, gepusht, geleitet hatten. Durch das immer harmonischere Zusammenspiel ihrer Anteile spürte sie sich selbst auch immer mehr. Konnte ausblenden, was ihre Kindheit und Jugend zerstört hatte und fand endlich einen Zugang zu sich selbst. Sie spürte sich endlich. Spürte wie ihr Herz klopfte, als sie Nadija das erste Mal sah. Spürte, wie sie endlich langsam ankam, und ganz pur einfach Sein durfte. Oh yeah, it was a hell of a ride! So viele Gefühle, Gedanken - ganz viel Angst und Überforderung war dabei - als sie das erste Mal so klar mit sich selbst alleine war. So viele negative Glaubenssätze und Vorurteile explodierten in ihrem Kopf, Beleidigungen und Anfeindungen, die Andere erlebt hatten, schossen in ihr Bewusstsein.

Doch jetzt war sie hier.

Hier und glücklich.

Solveig fuhr sich zärtlich über ihre Wangen und ihre Haare. Sie könnte noch länger bei sich, mit sich da sitzen und sich in die Seele schauen, aber die Uhr erinnerte sie an ihre Abendpläne. Sie wollte sich noch etwas frisch machen und musste dann schauen, dass sie mit ihrem BMX halbwegs entspannt und pünktlich ankam. Nicht, dass eine Verspätung unangenehm wäre, aber sie wollte einfach nichts verpassen. Keine einzige Sekunde der beflügelnden Vibes dieser wundervollen Personen wollte sie sich entgehen lassen.

zwanghaft monogam

Es will ihr einfach nicht in den Kopf gehen. Wir lieben mehrere Menschen und sind mit mehreren befreundet - warum können wir dann nicht genauso selbstverständlich mehrere Menschen lieben und mit ihnen sexuell intim sein, auf eine offene und respektvolle Weise? Warum ist es selbstverständlich, in Freund*innenschaften bei verschiedenen Menschen verschiedene Dinge zu suchen und zu bekommen - warum legen wir in der sexuellen Anziehungskraft dann alles auf eine Karte? Könnte es manchen Menschen Druck aus der Beziehung nehmen, würden wir uns in romantischen und sexuellen Beziehungen mehr öffnen? Wären die Menschen ehrlicher zueinander und würden sich weniger verletzen?

Sascha ist überfordert. Überfordert mit den Gefühlen, die sie für Noa hat, obwohl sie mit Jeff zusammen ist. Sie fühlt sich schlecht deswegen, schlecht, weil sie liebt, eine Person zu viel liebt. Ist das denn okay? Eine Person zu viel zu lieben? Kann ein Mensch zu viel lieben? Wie sehr sich Sascha wünscht, neben Monogamie wären in der

Gesellschaft genauso andere Beziehungsmodelle akzeptiert und selbstverständlich. Wie sehr sie sich wünscht, sie wäre nicht zwanghaft und ungefragt in diese monogame Scheiße reingerutscht. Eine offene Beziehung ist Arbeit, Arbeit wie eine monogame Beziehung auch. Die Baustellen und Themen sind teils gleich, teils unterschiedlich.

Menschen mit ähnlichen oder gleichen Gedanken zu finden, wenn es sich um ein tabuisiertes Thema handelt, weil es ja nicht 'normal' ist - wie sehr sie diesen Begriff hasste! - war schwer. Aber sie hatte Glück. Hatte von diesem Event gehört, wo du kommen kannst wie du bist, mit allem, was du hast und denkst und tust, solange du damit niemanden verletzt, wirst du dort mit offenen Armen empfangen. So etwas hatte sie gesucht. Sie wollte neue Menschen kennenlernen, Menschen die gleich oder ähnlich dachten, sie suchte Wachstum, Inspiration, Zusammenhalt, und hoffte so sehr, dass sie all das und noch mehr dort finden würde.

Sascha schlägt das Buch "wie wir lieben" zu, das sie gerade begonnen hatte zu lesen, bezahlt ihr Getränke und läuft mit ihrem Longboard unter dem Arm aus dem Café. Mit ihrem momentanen Lieblingslied “I don't owe you shit” in den Ohren gleitet sie auf ihrem Board durch die Straßen. Entspannt fährt sie leichte Wellenbewegungen und ist mit ihren Gedanken wieder bei dem Event. Die letzten Male hatte sie unglaublich inspirierende und ehrliche Frauen getroffen, sie hoffte, mit einigen an Gesprächen wieder anzuknüpfen. Wie kann ich das Thema offene Beziehung in eine monogame Beziehung einbringen? Was ist hilfreich? Was kommt auf mich zu? Welche kleinen Schritte kann ein Paar gehen, um zu testen, ob und wie eine offene Beziehung für sie funktionieren kann? Fragen wie diese beschäftigen Sascha sehr und sie spürt, dass sie heute Abend Antworten und Impulse erhalten würde.

einfach nur Papa sein

Erschöpft lässt sich Noemi auf das Sofa fallen. 'Fünf Minuten nur für mich. Nur fünf Minuten', flüstert sie sich leise zu und schließt sanft ihre Augen. Ihr Brustkorb hebt und senkt sich immer langsamer und monotoner. Auf. Ab. Ein. Aus. Diese fünf Minuten Pause erscheinen ihr wie für andere fünf Stunden mit sich selbst.

Noemis Tage sind aber durchgetaktet. Morgens um 6 Uhr schält sie sich vorsichtig unter Amadous Umarmung aus dem Bett, steht auf, macht ihre kleine Morgenroutine um bewusst und gestärkt in den Tag zu starten. Dann geht sie zurück zum Bett, streichelt Amadou sanft über den kleinen Kopf und küsst ihn wach. 'Ama, komm, steh auf, der Kindergarten wartet auf dich', flüstert und küsst sie ihm an die Stirn. Amadous Kinderaugen öffnen sich langsam und widerspenstig. Seine Hände suchen seine Mama und halten diese fest, als wolle er sagen 'nur noch eine Minute, Mama'. Ab ins Bad, an den Frühstücktisch, rein in Schuhe und Jacke und los. Erst wird sie Amadou in den Waldkindergarten bringen, das hatte sie sich so sehr gewünscht: einen

Platz für Amadou genau dort. Danach wird sie zur Arbeit gehen. Ihre Ausbildung dauert noch eineinhalb Jahre und ist zu der Carearbeit mit Amadou und dem Haushalt ein rießen Paket an Arbeit. Irgendwie muss es aber gehen. Ohne die familiäre Unterstützung würde sie es nicht so schaffen.

Sie hatte sich das alles so anders vorgestellt. Dass sie und Elhadji Amadou gemeinsam großziehen und begleiten, kleine Wachstumsschritte und Lernerfolge gemeinsam feiern. Noemi seufzt tief. Die Nachricht war schwer zu verkraften. Elhadji ist tot. Er hat aufgehört zu atmen, hat sich nach Wochen im Koma entschieden zu gehen. Noch immer spürt sie bei dem Gedanken kleine Stiche und Zerrungen in ihrem Herzen. Kein Wunder - ist es erst sechs Monate her. Sechs Monate seit sein Herz aufgehört hat zu schlagen. Neun Monate, seit er den schweren Unfall hatte und als Folge davon ins Koma fiel. Oder gelegt wurde? Genau weiß sie es nicht mehr. Die letzten neun Monate fühlen sich an wie in einer verschwommenen Blase, aus der sie sich ganz langsam rausschält. Er war doch erst 24. Und sie ist jetzt alleinerziehende Mutter. 21 war sie, als Amadou auf die Welt kam. Amadou und Elhadji hatten vielleicht zwei gemeinsame Monate, weil

Elhadji so sehr versuchte, bürokratische Angelegenheiten außerhalb Deutschlands zu regeln. So ist das, wenn du keinen deutschen Pass hast und einfach nur Papa sein willst: Dokumente sind wichtiger als die Liebe zu deinem eigenen Kind.

Noemi schluckt den Zorn darüber runter, atmet nochmal bewusst ein und aus, bevor sie ihre Augen wieder öffnet. Eine Freundin passt heute auf Amadou auf, damit sie sich Herzlichkeit und Support ohne Ende reinziehen kann. Die Gespräche, die Stunden mit den anderen Frauen aus den verschiedensten Lebenswelten sind ihre monatliche Tankstelle. Wie sehr sie sich über diese Art des Zusammenseins und sich supporten und feiern freut. Wie gut es ihr tut.

wie Fische von den Augen

Sie hat noch zwei Stunden Zeit, ein bisschen Ordnung in ihre Wohnung zu bringen, bis sie losmuss. Durch ihren Job und ihr hart verdientes Geld konnte sie es sich leisten, einen Kredit aufzunehmen und eine elegante Wohnung zukaufen. Es ist die Belohnung und Anerkennung an sich selbst, an all die Jahre voller Einsatz und Disziplin, in der sie ihrem Finanzplan folgte, um sich auch im Alter Gutes gönnen zu können und finanziell abgesichert zu sein.

Yuna sammelt gerne Erinnerungen: Fotos, Briefe, Karten, kleine Gegenstände. Immer wieder nimmt sie sich Zeit, um Stück für Stück ihr Sammelsurium zu verkleinern. Sie schätzt den Gedanken des Minimalismus, kann ihn jedoch noch nicht so wirklich für sich umsetzen. Heute ist wieder einer der aussortier-Momente. Yuna hat schon einige Zettelbotschaften aus Schulzeiten und Fotos in der Hand gehabt und entweder auf den 'behalten' oder 'wegwerfen' Stapel sortiert, bis sie ein Foto von sich und Julien in der Hand hält und erstarrt. Ihr Körper erstarrt. Es fühlt sich sogar so an, als würde ihr Herz in Zeitlupe pochen. Ihre Gedanken an die Zeit vor ungefähr dreizehn Jahren rasen währenddessen auf Geschwindigkeit unbegrenzt und überschlagen sich. Parallel dazu erinnert sie sich an den Podcast über dieses eine Thema, den sie neulich erst gehört hatte. Und plötzlich fällt es Yuna wie Schuppen von den Augen. Nein - eigentlich sind es ganze Fische, die endlich von Yunas Augen fallen und ihre Sicht endlich klar ist. Glas klar. Was sie all die Jahre nicht einordnen konnte, puzzelt sich nun vor ihren Augen zusammen.

In ihre erste Beziehung war sie irgendwie reingeraten. Ja wirklich. Sie hatte nur Freund*innen und keinen wirklichen Kontakt zu Jungs. Daher war sie schlicht überfordert mit der Aufmerksamkeit, die Julien ihr entgegenbrachte. Sie verbrachten Zeit miteinander, es fühlte sich gut an, diese Nähe, die Zeit die sie zu zweit verbrachten, die Gefühle, die sie davor noch nie gefühlt hatte. Sie sagte Schulreisen nach Valencia und London ab, weil er dort zuerst mit ihr hin wollte, trank keinen Alkohol, weil er es nicht wollte, fokussierte sich so sehr auf ihn und was er wollte, dass sie ihre Freund*innen vergaß. Sich vergaß. Mit der Zeit holte er die schlechtesten Anteile aus ihr heraus. Sie kam nicht raus, sah all das nicht, hatte sich verrannt.

Toxisch.

Vollgepumpt mit Adrenalin und einem Chaos in Herz und Kopf, das sie so schon lange nicht mehr erlebt hatte, springt sie auf, wirft ihr großes Lieblingshemd über, schlüpft in ihre ausgelatschten Lieblingsschuhe, schnappt sich ihren Lieblingsbeutel und wirft all die Dinge rein, von denen sie glaubt, sie heute Abend brauchen zu können. Yuna war schon lange nicht mehr so durcheinander. Um irgendwie klar zukommen bis sie von den anderen Frauen aufgefangen wird, muss sie sich von Lieblingsdingen umgeben, um sich zu stabilisieren. Sie greift nach dem kleinen Handschmeichler aus Bernstein, schließt die Türe hinter sich zu und rennt los.

on fleek

Fatou hat es sich gerade auf dem eingesessenen Sitzkissen auf dem Boden mit der neuen Missy bequem gemacht, als sich Fatous Oberkörper bei den ersten Tönen des nächsten Liedes wie von selbst im Rythmus bewegt. Die Haare sind gemacht, die Nägel auch - Fatou ist bereit für den Abend, bereit für die Nacht. Der Vibe, die Power, die Stärke, die Lizzo mit 'good as hell' im Zimmer verbreitet, tun so unendlich gut. F. hat sich nach selbstbewussten, sich selbstliebenden Frauen gesehnt, mit denen sie sich identifizieren kann und die F. antreiben. Fatou kugelt sich aus dem Sitzkissen und beginnt graziös und ausdrucksstark durch das Zimmer zu tanzen. F. fühlt sich verdammt gut! Kein people-pleasing mehr, kein verstellen mehr, kein tun, was F. nicht fühlt. Energetisch und bestimmt singt F. den Text in einer Lautstärke, die jeden Millimeter des Zimmers ausfüllt. Die Luft vibriert. Lizzo - eine Powerfrau. Fatou - eine Powerfrau. Über Fatous Gesicht breitet sich ganz langsam ein breites, ehrliches, leichtes Grinsen aus. Auch F.s Herz beginnt zu strahlen. Fatou ist zurück: Fatou die Powerfrau.

Die Power war F. ehrlich gesagt eine Zeit lang abhandengekommen, aber seit einigen Wochen geht es bergauf. Mit F.s Laune, der Zufriedenheit, dem Level der Erfüllung, die durch die neue Tagesstruktur in Fatous Leben kam. Seit F. der größte Mutausbruch ever überrollte und F. sich wie verwandelt fühlte, hatte F. nicht nur auf dem eigenen Visionboard die nächsten Monate visualisiert und manifestiert - auch Herz und Seele hatten es sich fest eintätowiert: auf Normen und normal zu scheißen, weil alles, was damit einhergeht, Menschen in Schubladen presst und ihnen die Freiheit nimmt, sich nach ihrem Herzen, ihren Ressourcen, ihren Fähigkeiten zu entwickeln.

Das Universum, Gott, Geister, Hexen, das Schicksal - wer, wie, wo, was auch immer - alles war on fleek. Die Dinge waren leicht. Und Fatou durfte in den letzten Wochen erfahren, wie viel an den Worten dran ist, dass äußeres Chaos auch das Innere beeinflusst. Marie Kondo gab ganz ehrlich ihr Bestes und F. auch. Aber letzten Endes war es so wie immer und der innere Impuls regelte es wie so oft, schob F. an, motivierte F. Und so kam es, dass F. in den späten Abendstunden begann, Hab und Gut zu sortieren, auszumisten, sich von Dingen und Menschen zu lösen, die keine Erfüllung schenkten. F. hatte sich entschieden: F. wollte mit weniger physischem und psychischem Ballast leben, wollte jederzeit bereit oder auch manchmal gerne breit neben der Spur mit beiden Armen wild wedelnd in der Luft das-Leben leben. Erfüllt und so wenig bereuen wie möglich.

Während Lizzo mittlerweile verstummt war und Alicia mit voller Stimme singt wie sehr on fire dieses girl ist, realisiert Fatou, dass es Zeit war, sich fertig und auf den Weg zu machen. F.s Herz ist bereit, alle wohligen, warmen, bereichernden, magischen Begegnungen mit allen Sinnen aufzusaugen. Rein in die Lieblingskleidung, alles wichtige in den Brust Beutel werfen und los.

und sie war weg

Maleeka streift noch ein bisschen durch die Straßen, bevor sie den Weg zur Veranstaltung einschlägt. Es ist einer der wenigen Sommerabende dieses Jahr, und so spürt sie ab und zu eine leichte, warme Sommerbrise, die durch ihre Haare streift. Während sie durch die Straßen spaziert, kommen ihre Gedanken wieder mal bei ihr an. In der letzten Zeit sind ihre Gedanken immer wieder um sie gekreist. Wer hätte das damals gedacht? Dass Maleeka fünf Straßen weiter wohnen würde von der Wohnung, in der SIE damals lebte. Maleeka nicht. Aber so ist es jetzt. In der Metzgerei, in der Maleeka sich damals ihr Kateressen Wienerle und Brezel geholt hatte, isst sie seit ein paar Jahren immer mal wieder mit Herzmenschen Frühstück oder Abendessen und es ist keine Metzgerei mehr, sondern ein Kneipenbarrestaurantcafé. An der Bushaltestelle, an der sie mit ihr manchmal stockbesoffen auf den Bus gewartet hatte, um sich in einem Studierenden Wohnheim noch mehr zu besaufen, wartet sie heute nüchtern auf einen Bus um zum Bahnhof oder sonst wohin zu kommen. In der Straße, in der sie wohnte, ist Maleekas Zahnpraxis. Das

Café, das sie damals kurz nach dessen Neueröffnung besuchten, ist einen Katzensprung entfernt und mittlerweile räumlich und angebotstechnisch gewachsen. Fast alles sieht noch gleich aus, aber Maleekas Perspektive darauf und ihr Gefühl damit haben sich verändert. Maleeka sieht fast immer noch so aus wie damals, aber in ihr drin hat sich so unglaublich viel verändert. Sie hat Frieden mit dem Ort geschlossen. Damit, dass der Ort voll mit Erinnerungen bleiben wird. Mit ihr aber nicht. Maleeka weiß nicht, ob sie das jemals kann.

Maleeka schlägt langsam den Weg Richtung Veranstaltung ein. Nachdenklich setzt sie einen Fuß vor den anderen, ganz bewusst, so, als ob es ihr helfen würde ihre Gedanken zu ordnen. In einem längeren Gespräch mit einer Freundin hatte sie über Liebe gesprochen. Darüber, dass in Freund*innenschaften Liebe ist, Freund*innen geliebt werden und Menschen somit auch an Liebeskommer nach-während Freund*innenschaften leiden können. So wie Maleeka. SIE hatte sich einfach in Luft aufgelöst, von heute auf morgen. Ohne ein Wort. Bei den Gedanken daran breitet sich Gänsehaut auf Maleekas Körper aus und ihre Augen werden feucht. Der Schmerz wird weniger und fühlt sich anders an, aber er kommt immer wieder. Ihr Abtauchen hatte Maleeka komplett aus der Bahn geworfen. Sie kannten sich seit der 5. Klasse, hatten engere und entferntere Phasen. Die letzte war die engste bisher. Kein Wunder fühlte sich Maleeka, als trample etwas auf ihrem Herzen und bringe ihre Seele ins Schleudern. Sie war einfach weg. Keine Erklärung. Kein Ciao. Kein Abschied. Nichts. Einfach. Weg. Jahre später fand Maleeka einen Begriff für das was ihr passierte. Ghosting. Seitdem kann sie das Erlebte irgendwie anders einordnen.

Maleeka ist angekommen. Sie schließt für einen Moment die Augen und atmet tief ein und aus, bevor sie auf die Eingangstür zusteuert.

Stück für Stück

Ihr Rennrad auf die Schulter geklemmt läuft Ama das Treppenhaus runter. Unten angekommen, greift sie routiniert nach der Haustürklinke, dreht sich vorsichtig ein paar Zentimeter zur Seite um die Haustüre zu öffnen und keine Kratzer in den schönen Petrol Lack zu provozieren. Ihr Handy trägt sie an einer bunt geflochtenen Handykette. Vorallem für neue, unbekannt Strecken ist die Konstruktion total praktisch, um immer wieder nach dem Weg zu schauen. Ama stellt ihr Rad auf dem Gehweg ab, tippt die Ankunftsadresse ein und hält ein paar Minuten inne. Sie lässt sich den Wind um die Nase und durch die Haare wehen. Der leichte Wind ist eine willkommene Abwechslung nach den letzten hitzigen Tagen, in denen die Luft in der Stadt stand und der Schweiß quasi nie von ihrer Stirn verschwand. 'Aber hej, den Klimawandel gibt es nicht', grummelt sie in Gedanken vor sich hin. Mit Blick auf die Route, die mittlerweile auf dem Display erschienen ist, stellt sie fest, dass sie einen Teil der Strecke auswendig kennt und nur am Ende auf das Handy schauen wird. 'Auch gut', denkt sie sich. Sie schwingt sich elegant auf ihr Rad und tritt erst langsam und dann gleichmäßig in einem mittleren Tempo in die Pedalen.

Gesprächsfetzen ploppen in ihren Gedanken auf. Gerade hatte sie wieder ein gutes, tiefes, emotionales Gespräch mit ihrer Freundin und Mitbewohnerin Josephine gehabt. Sie ist die Einzige, mit der Ama bisher darüber gesprochen hat – die Trennung und Scheidung ihrer Eltern als sie Jugendliche war. Lange hatte sie nicht verstanden, dass sie alles Erlebte verdrängt hatte. Sie hatte nichts davon aufgearbeitet. Sie hatte verdrängt, wie ihre Eltern sich angeschrien haben, verdrängt, dass sie trotz Trennung eine Zeit lang im gleichen Haus lebten, verdrängt, was die Stimmung im Haus mit ihr machte, verdrängt, wie verletzend miteinander gesprochen wurde, verdrängt, dass sie kein Zuhause mehr hatte, als sie nach ihrer Weltreise nach dem Abi zurück nach Deutschland kam. Das Verdrängen, durch das sie das Erlebte bewältigen, überleben konnte, hatte tiefe Spuren hinterlassen. Erst mit 30 Jahren fand sie in Josephine eine Vertrauensperson, eine Person, die verstand, die ähnliches erlebt hatte. Ama hat erlebt, was es heißt, Kinder und ihre Bedürfnisse zu vergessen. Wie hässlich Trennungen und Scheidungen sein konnten. Stück für Stück verheilten langsam Narben, der Prozess war schmerzhaft aber wichtig.

Ama biegt in die Straße des Events ein und sieht, wie die unterschiedlichsten Frauen auf das Haus zusteuern. Entspannung macht sich breit und ihre Gedanken an die Trennung ihrer Eltern verblassen langsam für heute. Umgeben von all diesen unglaublichen Personen ist nur Raum für Magie, Zauber und Feenstaub. Egal welches Thema in irgendeiner Form aufkam – irgendeine Frau schaffte es immer, Tränen zu trocknen, Umarmungen zu schenken und wohlwollende Worte zu verteilen. Genau das, was Ama jetzt braucht.

schwere Vibes

Eigentlich hat sie so sehr gehofft, sie würde gemeinsam mit Alisha zu dem Event gehen. Ernesta kniet sich kurz hin, um ihren offenen Schnürsenkel zu binden und tritt dann mit zusammen gekniffenen Augen aus der U-Bahn Station. Die Sonne blendet. Nach einer neun Stunden Schicht in ihrer Kabine ist sie an anderen Tagen völlig platt, aber wenn sie weiß, dass sie die anderen Frauen treffen kann, ist sie es nie. Dann ist sie eher aufgekratzt und voller Energie und freut sich auf den Abend. 'Alisha', flüstert sie leise vor sich hin, als sie Richtung Eventlocation läuft.

Alisha hat sich zurückgezogen, Ernesta bemerkte schon vor einiger Zeit, das mit ihrer Nachbarin etwas war. Ihre Vibes waren unruhig, ihre Stimmungen schwankten stark. Nicht zykluslike, sondern anders, schwerer. Alisha ist mehr als ihre Nachbarin, Alisha ist zu einer sehr engen Freundin geworden. Sie verbrachten viel Zeit miteinander, führten viele bereichernde und intensive Gespräche. Und trotzdem wussten sie nicht alles voneinander. Was genau Alisha bewegt, hat sie Ernesta bisher nicht gesagt und wird sie ihr vielleicht in der nächsten Zeit nicht erzählen, denn sie sehen sich kaum. Eine flüchtige Begegnung vor den Briefkästen, ein schneller Gruß bevor sie in ihre Wohnung huscht. Und doch weiß Ernesta, was Alisha bewegt, denn durch ihre Haustüre, die dünn wie Papier ist, hat sie Fetzen eines Gesprächs zwischen Alisha und ihren beiden Vätern im Treppenhaus mitbekommen. Es war ein sehr emotionales Gespräch, die Wortfetzen, die Ernesta auch jetzt noch nachhallen, haben sie etwas aus der Bahn geworfen. Bipolare Störung. Okay.... Hm. Und jetzt? Was heißt das? Wie kann Ernesta Alisha weiterhin begegnen und ihr signalisieren, dass sie weiterhin mit ihr Zeit verbringen möchte? Alisha ist immer noch Alisha, die Krankheit ist ein Teil von ihr, aber Alisha ist Alisha. Ernesta beginnt Artikel von Menschen mit der gleichen Diagnose zu lesen, hört Podcasts in denen sich Menschen aus verschiedenen Perspektiven dem Thema Bipolare Störung widmen. Es hilft ihr zu verstehen, zu verstehen, wie sie Alisha eine gute Freundin sein kann.

Menschen hetzen an Ernesta vorbei, beschäftigt eilen sie durch die Straßen. Ob Stress einen Einfluss auf eine bipolare Störung hat, er eine Ursache für die Krankheit sein kann, das hat sie sich sehr oft gefragt, als sie begann, sie mit dem Thema auseinanderzusetzen. Wie entstehen psychische Störungen? Und was können Außenstehenden tun, um zu unterstützen? Fragen über Fragen. Vielleicht kann sie das Thema heute eingeben und Antworten finden oder hilfreiche Impulse hören. Unter all den Frauen, die so unterschiedlich sind und so viel Lebenserfahrung in sich tragen, kommt jedes Mal so viel Wissen und Weisheit zum Vorschein.

Das schätzt sie an den Events so sehr: Dass es viel Zeit für die aktuellen Themen der Frauen gibt, Speakerinnen, die Impulse geben und freie Zeit, den Alltag zu vergessen und einfach zu sein. Leicht zu sein.

that way

Neun Jahre ist es her, dass Sara und Tekle zusammengekommen sind. Ihre Partnerschaft ist schon immer fruchtbar, weil sie sich Abstand und Zeit nur für sich nehmen, Menschen alleine treffen, viel Verständnis haben und nie müde werden, Kompromisse zu suchen, um ihre Unterschiede zusammenzubringen. Manchmal sind es nur kleine Missverständnisse oder Meinungsverschiedenheiten, wie zum Beispiel, ob sie die U-Bahn oder S-Bahn nehmen, aber in anderen Momenten geht es um den Ort, an dem sie Leben wollen oder die Religion, mit der ihre Kinder aufwachsen sollen. Sie streiten, nehmen und geben sich Raum, finden wieder zueinander. Sie haben so viel Geduld miteinander, wie sie es für keine andere Person je aufbringen könnten.

Was für andere Paare selbstverständlich ist, einfach ist, ist für sie beide ein Hindernis. Wohnung suchen? Heiraten? In jeden Ort der Welt oder des eigenen Landes reisen ohne rassistische Übergriffe mitzudenken? Das und noch mehr war für sie beide nicht so einfach möglich. Die Gesellschaft machte es nicht möglich. Die Gesellschaft in der Sara aufwuchs, trägt das schwere Erbe des Kolonialismus in sich. Privilegierte, weiße Menschen schmerzt es oft zu sehr, sich aus dem Happyland, wie Tupoka Ogette es nennt, zu lösen. Sara lernt immernoch täglich dazu, was antirassistisches Denken und Handeln ausmacht, liest Bücher und Artikel, hört Podcasts und sieht sich Talkshows oder Filme darüber an. Sie besucht eine Gruppe für weiße Elternteile von afrodeutschen Kindern, um die bestmöglichste ally mom zu sein, die sie sein kann.

Als sie die einzelnen Storys, die sie in ihrer Speech später erzählen möchte, noch einmal überfliegt, kommen ihr Unterschiede in den Kopf, Dinge, die das Zusammenleben manchmal erschweren, aber an den meisten Tagen ihren bunten Blumenstrauß, wie sie ihre Beziehung, ihre Partnerschaft nennen, so einzigartig macht. Sie sind in verschiedenen Ländern aufgewachsen, mit einem anderen Zeitgefühl, einem anderen Verhältnis zu Geld, hatten ihre Jugend mit unterschiedlichen Dinge verbracht, haben verschiedene Interessen, ein anderes Verhältnis zu ihrer Familie, kommunizieren unterschiedlich, er floh aus seinem Heimatland, sie wuchs in einem Dorf in Deutschland auf, ... aber ihre Seelen sind verbunden.

Tekle gibt ihr so viel Glaube an sich selbst, spricht ihr Mut zu und feuert sie bei all ihren kreativen Ideen und Vorhaben an. Er glaubt an sie und sieht die positiven Veränderungen, die Sara durch ihr Tun bewirken kann. Heute wird sie mit Nati im Tragetuch ein weiteres Mal als Speekerin auf der Bühne stehen und etwas über transkulturelle Partnerschaft mit den Frauen teilen. Vorfreudiges Kribbeln macht sich in ihr breit, als ihr Handy kurz vibriert. Tekle hat ihr ein Pflanzen Emoji geschickt - das macht er immer, wenn Sara Momente des persönlichen Wachstums erlebt. Sie schmunzelt, setzt vorsichtig ihren Rucksack auf, um Nati nicht zu wecken, und macht sich langsam auf den Weg zur U-Bahn Station.

Seelen die voll sind

Anuk hat sich die Entscheidung nicht leicht gemacht. Hat hin und her überlegt, abgewogen, Gespräche geführt, sich Meinungen eingeholt, gezweifelt, geweint, geflucht und sich am Ende dagegen entschieden. Es hat nicht zu ihrer Lebensphase gepasst, es war nicht geplant, ist einfach passiert. Die längsten und emotionalsten Gespräche hat sie mit Chris geführt, schließlich betrifft es ihn nach ihr am meisten. Und doch ist es ihre Entscheidung. Ihr Körper, ihre Wahl. Hat sie sich nicht dagegen, sondern dafür entschieden? Für sich? Sie will Mutter sein, aber nicht jetzt. Was, wen ich später nicht mehr schwanger sein kann? Was, wenn es später noch weniger in mein Leben passt? Bin ich ein schlechter Mensch? Warum denn jetzt?? Es war nicht leicht für sie, aber mittlerweile hat sie Frieden mit ihrer Entscheidung geschlossen.

Es war das Richtige, es ist das Richtige.

Aus der Entfernung kann sie Selam um die Ecke biegen sehen. Heute ist es wohl die fünfte Veranstaltung, der fünfte volle Abend, gefolgt von einer noch volleren Nacht, die die beiden zusammen besuchen. Am Ende, wenn die Sonne sich durch den Mantel der Nacht kämpft, werden ihre Seelen wieder tanzen, ihre Herzen voll sein. Voller guter Impulse, Gespräche, Momente und Menschen, die sie in ihr Herz geschlossen haben.

Die Begegnungen mit den Frauen dort haben sie, wie andere Dinge auch, getragen in der Zeit, in der sie noch nicht so friedlich mit ihrer Entscheidung war. Bevor Anuk das erste Mal dort war, hatte sie viele Bedenken. Sie ist ein offener Mensch, für manche zu offen. Sie wusste, dass, wen sie sich wohlfühlen würde, sie über alles sprechen wird, was sie bewegt. Ob es der Versuch des free bleedings war oder die Abtreibung. Manche Menschen sind irritiert, überfordert, von ihrer Offenheit und davon, dass sie Dinge anspricht, die Andere viel lieber noch nicht einmal in ihren Gedanken erwähnen. Anuk ist fürs Ansprechen, Besprechen, sie will ihren Teil dazu beitragen, Themen zu enttabuisieren. Vor allem Themen, die Frauen betreffen. Sie will sich nicht von anderen beschränken lassen, ihre Möglichkeiten des Seins nicht von anderen limitieren lassen. Es stellte sich heraus, dass ihre Bedenken bezüglich der Frauen und der Begegnungen auf den Events völlig umsonst waren. Schon am ersten

Abend lernte sie einige Frauen kennen, die ihr Erlebtes teilten oder ihre Einstellung. Manche auch beides. Anuk fühlte sich sofort zu Hause.

Selam ist bei Anuk angekommen, sie strahlen sich an, umarmen sich für einen langen Moment innig. Langsam lösen sie ihre Umarmung, schauen sich an und grinsen. "Let's gooooo", sagt Selam vorfreudig. Sie haken sich beieinander ein und gehen das letzte Stück zusammen. Anuk drückt Selams Arm an sich, genau wie in der Zeit der endlosen Spaziergänge um den Kopf frei zubekommen. Selam war da. Sie hörte zu, stellte Fragen, wollte verstehen. Nie mischte sie sich ein oder bewertete. Sie war für Anuk genauso wie für Chris da und half den beiden durch die Zeit.

schöne Körper

Ziidi denkt sich beim Anblick der Werbung auf der Hauswand wieder in Rage und Gedanken über ihre Jugend täumen sich auf. Auf der einen Seite sieht sie den langen Weg hin zu einem gesunden Körperverständnis vor allem von Mädchen und Frauen. Auf der anderen Seite feiert sie die diversen Bücher für Kinder, Jugendliche und Erwachsene, die es zu lesen gibt und die unterschiedlichen Menschen, die in Filmen oder Serien mitspielen. Auch in der Werbung und die Models mancher Kleidungslabels zeigen Körpervielfalt, Menschen geben auf Social Media Impulse zu body positivity oder body neutrality. Das hätte Ziidi früher gebraucht.

Ziidi war dünn und zog weite Kleidung an, nicht weil sie sich für ihren Körper schämte, sondern, weil sie fremden Menschen keinen Raum für unerwünschte Kommentare geben wollte. Obwohl es ihr Körper war, war sie nicht die Einzige, die sich um ihren Körper Gedanken machte. Und dabei wollte sie die Einzige sein. Sie versteckte ihn nicht, weil sie sich schämte, sondern, weil sie alleine mit ihm seine wollte. Die Anderen hatten ihren eigenen Körper um sich darüber Gedanken zu manche, aber klar, sie meinen es ja nur gut, und es sei ja wichtig, sich um Andere zu kümmern. Blablabla. 'Ey, kümmer dich lieber mal darum, wenn ein Kind zu Hause verschlagen wird oder um deine verkackten Kippen, die du die ganze Zeit auf den Boden schnippst. Darum kannst du dich kümmern. Aber kümmer dich nicht um meinen Körper, der ist halt eben dünn', grummelt Ziidi in Gedanken vor sich hin. 'Wie gesagt, es gibt genug, um das du dich kümmern, sorgen hättest können. Und immer noch kannst. Hier ein paar Beispiele:

Sorge dich darum, dass Kinder und Jugendliche diverse Bilder von Körpern kennenlernen und damit aufwachsen. Dass sie Vorbilder finden, mit denen sie sich identifizieren können, sich wohlfühlen. In Werbung, in Filmen, in der Musik: Schönheit definiert sich nicht über Körpergewicht, jeder Körper ist anders und das ist verdammt noch mal gut so.

Menschen haben Sommersprossen, Narben, Cellulite, unterschiedliche Nasen, ein ungleichmäßiges Hautbild (klingt schöner als Pigmentstörung), verschiedene Hautfarben, ungleichlange Beine, sind groß, klein, dick, dünn. Jeder Körper ist gut. Vermittel das an die Menschen, die mit ihrem Körper hadern. Mach dir Gedanken darüber, wie du dich da einmischen kannst.

Kämpfe gegen Erwartungen an und steh für Freiräume ein. Mädchen und Frauen dürfen sich so kleiden wie sie wollen und sich damit gut fühlen, sicher fühlen. Ob sie lockere oder körperbetonte Kleidung tragen is none of your fucking business.

To be continued...'

Ohne es zu merken ist Ziidi da. Umarmungen und der Beat der Musik holen sie ins Jetzt, die Gedanken verschwinden, der Abend kann beginnen. 'An die Bar, viele Drinks und los', denkt sie sich den Blick an die Bar geheftet und schnurstracks darauf zusteuernd. Während sie auf ihre Bestellung wartet, scannen ihre Augen die Halle und entdecken Selma, die grade auf sie zusteuert.

eine Halle voller Blumen

Jess schaut sich um und grinst erfüllt – alles ist vorbereitet. Endlich ist es wieder so weit und Jess ist so gespannt, welche Frauen heute kommen, welche neuen Gesichter den Weg hierher finden, welche Seelen den Abend bereichern werden.

Die ersten Frauen kommen durch die Eingangstüre hinein, schreiben Namen und Pronomen auf einen Klebezettel und drücken ihn an verschieden Stellen an ihren Körper. Frauen, die den Zauber des Neuen ausstrahlen, werden gleich von anderen Frauen willkommen geheißen. Das ist eine unausgesprochene Regel, die sich wie ein wohlriechender Duft in der Luft durch die Veranstaltungen zieht: Keine bleibt alleine, wenn sie nicht alleine sein will. Die Newcomer werden in die Möglichkeiten, die Abläufe der Veranstaltung eingeweiht, werden herumgeführt, anderen vorgestellt.

Caro am DJane Pult dreht die Musik etwas lauter und langsam kommt Bewegung in die Körper, manche Frauen wippen ein bisschen umher, andere hüpfen sich umarmend und an den Händen haltend durch die Halle. Die Geräuschkulisse aus all den einzelnen Gesprächen vermischt sich mit den Beats der Musik. Jess Blick schweift durch die Menge und bleibt an Saschas breitem Grinsen hängen. Die wirft ihr einen strahlenden Blick zu, wirft beide Hände in die Luft und kommt auf Jess zu getanzt. "I don't owe you shit, I'm not sorry", schreit sie Jess ins Ohr. "Das hab ich erst auf dem Weg hierher gehört", schreit sie Jess an, hält ihren Kopf in beiden Händen, küsst sie auf die Stirn und tanzt lachend und wild wedelnd wieder weg. Jess und Sascha haben sich erst letzten Monat das erste Mal persönlich unterhalten, aber der Funke war sofort übergesprungen. Wie es bei den meisten Gesprächen ist, die sie führt, und sie es aber auch von den anderen Frauen erzählt bekommt, ist hier jedes Gespräch irgendwie magisch. Es klingt verrückt, aber sobald die Frauen einen Fuß in die Halle setzen, werden sie von dieser magischen Aura umhüllt, ein Nachhausekommen auch für die, die das erste Mal da sind.

Amrit und Sara stehen schon zusammen und tauschen sich angeregt aus. Sie sind die heutigen Speakerinnen. Jess bahnt sich in Zeitlupe ihren Weg durch die Menge, winkt und umarmt, schlägt in Hände ein und grinste sich ihren Weg frei. Die meisten wissen, dass sie die Events initiiert und das Meiste dabei organisiert. Unglaublich, dass aus der anfänglichen unsicheren Schnapsidee etwas ganz Wunderbares, Magisches entstanden ist, Frauen zusammenbringt, inspiriert und stärkt. Sie entdeckt Noemi, Yuna und eine ihr unbekannte Frau, wie sie durch die Halle springen, Ama kommt gerade an und Fatou gönnt sich ein Kaltgetränk. Mittlerweile ist Jess bei Amrit und Sara angekommen. Sie umarmen sich herzlich, besprechen sich noch kurz und dann springt Jess unter wildem Grölen und Pfeifen auf das Podest. "Willkommen Zuhause, ihr wunderbaren Menschen, ihr schönen Blumen", ruft sie glücklich ins Mikrofon und in die Menge, die noch ein bisschen lauter johlt.

Es ist wie jedes Mal: alle haben Bock!

die Sache mit den Blumen

Jess liebt Blumen und zog irgendwann einmal in einer ihrer philosophischen Momente den Vergleich zwischen Blumen und Menschen. Genauso wie Blumen benötigen Menschen Wasser, einen guten Standort und Nährstoffe, um wachsen, um gut und ohne Schädlinge oder Krankheiten leben zu können. Zu dem guten Standort zählen bei Menschen ein Zuhause, in das sich die Menschen gerne zurückziehen, Freiraum, sich nach ihren eigenen Wünschen und Fähigkeiten zu entwickeln. Nährstoffe sind Essen als tägliches Basic, aber auch Dinge wie Zeit mit Herzensmenschen, Nähe, Wertschätzung, Liebe, Respekt, Erfolge, auch die allerkleinsten. Schädlinge können Menschen mit negativem Einfluss sein oder auch Misserfolge. Und Krankheiten sind eben Krankheiten.

Die monatlichen Veranstaltungen nennt Jess den Dünger für die Seelen der Frauen, den monatlichen Schub an Nährstoffen voller Liebe, Respekt, Wertschätzung und Nähe. Das Wichtigste für Jess ist, dass sich alle wohlfühlen, sich fallen lassen können. Auch und gerade die Neuen. Die

Events sollen ein Ort des Freiseins, der Möglichkeiten sein. Sind viele, vielleicht die Meisten, in ihrem Alltag in irgendwelche teils abstrusen und oft veralteten Schubladen und Rollenbilder gedrängt, sollen sie hier sie selbst sein dürfen, in all ihren bunten Facetten.

Nachdem eine DJane durch mitreißende Beats motiviert, Anspannungen abzuschütteln, begrüßt Jess die Menschen, führt kurz in das Thema des Abends ein, stellt die beiden Speakerinnen vor, erklärt den Gedanken der Barcamps, in die die Frauen all ihre Themen einbringen, sich austauschen, sich Rat und Ideen geben können und lädt alle Frauen ein, bis open end die Musik zu genießen und die Nacht einzuläuten. Abschließend erinnert sie ganz bescheiden an die Spenden Boxen, die, nach dem Motto jede gibt, wie viel sie kann, gefüllt wird. Viele Frauen zahlen das doppelte oder dreifache des vorgeschlagenen Preises, um so auch denjenigen Frauen die Events zu ermöglichen, bei denen ein finanzieller Beitrag in ihrem monatlichen Budget nicht drin ist.

Anfangs kamen zwischen 10 und 25 Frauen, mittlerweile sind es 70 aufwärts. Es hat sich schnell rumgesprochen, dass es diesen Ort, diesen Raum gibt und vorallem, was es mit den Frauen macht, die die Events besuchen. Bei keinem bisherigen Event gab es finanzielle Lücken oder zu wenige Menschen, die beim Aufbau, den kleinen Aufgaben während der Veranstaltung, oder dem Abbau mitwirkten - alle geben, was sie können: Zeit, Gelder, Dekoration, Redebeiträge, Musik, Essen, ...

Ein Highlight jedes Abends, bevor es in die ausgelassenen und eskalatösen talk, drink and dance Nächte geht, ist der share space. Alle Frauen, die einen Erfolg, egal in welchem Ausmaß, teilen möchten, können auf das Podest steigen und in ein paar Worten oder einer kurzen Geschichte ihre Erfolge teilen. Jeder Erfolg wird gefeiert mit Applaus, Gejohle und Pfiffen.

Hier ist jede Blume willkommen, egal in welcher Lebensphase sie sich befindet.

Sommer

Und egal wie viele Geschichten noch geschrieben werden, es wurden immer noch nicht alle erzählt. Der Sommer ist nur eine Jahreszeit von vielen, und so werden noch mehr Geschichten erzählt und auf Papier gebracht. Um herauszufinden, dass wir nicht so seltsam sind wie wir denken, dass wir nicht alleine sind mit unseren Gedanken, Wünschen, Ängsten, Hoffnungen. Um inspiriert zu werden durch Geschichten. Um uns anzufeuern zu wachsen, zu rebellieren, neue Wege zu gehen und unsere Komfortzone zu verlassen. Um Mut zu schöpfen, uns selbst zu verwirklichen, Dinge in die Hand zu nehmen, öfter Nein zu sagen und öfter an uns selbst zu glauben. Um Kraft zu schöpfen. Um uns verbunden mit anderen zu fühlen.

Wir leben heute und in Zukunft. Wir sind die Zukunft.

Wenn eine Jahreszeit zu Ende geht erwacht die nächste.

Wenn ein Kapitel im Leben zu Ende ist, wird

das nächste bereits geschrieben. Lasst uns die wildesten und ehrlichsten Geschichten schreiben und teilen. Lasst uns intensiv leben. Fehler machen und daraus lernen, Erfolge teilen, aus Niederlagen und Tiefpunkten wachsen. Andere Frauen supporten, gemeinsam für eine bessere Zukunft einstehen, dafür kämpfen. Laut sein. Lasst uns teilen, was wir zu viel haben, denken wir wieder mehr daran mehr zu geben und reicher dadurch zu werden, weil wir Glück teilen. Wechseln wir unsere Perspektive und unseren Blickwinkel, überdenken wir unsere Ansichten und Werte. Lasst uns ehrlicher zu uns selbst sein. Und zu anderen auch. Nehmen wir mehr Rücksicht nicht nur auf uns selbst, sondern auch auf die Menschen um uns herum. Auch auf die, die für uns im Alltag unsichtbar sind. Reflektieren wir unser Denken und Handel mehr, üben wir uns im solidarisch sein und für Anderen einstehen. Gemeinsam ist das Lösungswort. Lasst uns mehr Bäume pflanzen und Ableger machen, lasst uns mehr Leben schaffen, anstatt es zu zerstören.

Nach dem Sommer kommt der Herbst.

Und du, du bist grandios.

Alexandra Vogel

Alexandra Vogel schreibt auf

www.story.one

schreib's auf
story.one

Faszination Buch neu erfunden

Viele Menschen hegen den geheimen Wunsch, einmal ihr eigenes Buch zu veröffentlichen. Bisher konnten sich nur wenige Auserwählte diesen Traum erfüllen. Gerade mal 1 Million Autoren gibt es heute – das sind nur 0,0013% der Weltbevölkerung.

Wie publiziert man ein eigenes story.one Buch? Alles, was benötigt wird, ist ein (kostenloser) Account auf story.one. Ein Buch besteht aus zumindest 12 Geschichten, die auf story.one veröffentlicht und dann mit wenigen Clicks angeordnet werden. Und durch eine individuelle ISBN kann jedes Buch dann weltweit bestellt werden.

Jede lange Reise beginnt mit dem ersten Schritt – und dein Buch mit einer ersten Story.

Wo aus Geschichten Bücher werden.

#storyone #livetotell

Schuppenhoernle@
ak-familienhilfe.de